Brice

Romantik, Cowboys, Rancherleben und wilde Mustangs, die Presley Männer, auch bekannt als die Cowboys von Ransom Creek, werden Ihr Herz gewinnen und Ihre Sehnsucht nach Texas wecken. Verpassen Sie nicht das letzte Buch dieser Serie, die glücklich macht!

Seine Familie verändert sich und wächst dank all der glücklichen Paare um Brice Presley herum. Er freut sich für seine Brüder und seine Schwester und will seine eigene Zukunft angehen, doch häuslich niederlassen will er sich noch nicht. Er möchte seine eigene Ranch aufbauen, bis seine Pläne von einer energischen Schönheit und ihren beiden Kindern, die die Ranch, die er kaufen will, mietet, durchkreuzt werden. Entschlossen, den Deal zum Abschluss zu bringen, weiß er aber nicht, wie er das Anwesen kaufen und dabei nicht als der Böse dastehen soll.

Tara Quinn hat vor, ihre Pferdezucht aufzubauen und

dann die Ranch, die sie gemietet hat, zu kaufen. Sie hofft, dass der Eigentümer den Deal mit ihr eingeht und nicht mit dem Adonis von einem Cowboy von der Ranch auf der anderen Straßenseite, der sie am liebsten rausschmeißen und das Land selbst kaufen will. Womit sie jedoch ganz sicher nicht gerechnet hat, ist, dass die Anziehung, die ganz offensichtlich zwischen ihnen besteht, beide nervös wie Katzen auf dem heißen Blechdach macht. Eine Romanze ist das Letzte, was sie will, und schon gar nicht mit dem Mann, den sie als Hindernis auf dem Weg dahin sieht, ihren Kindern die Zukunft zu geben, die sie verdient haben.

Dass hier Liebe wächst ist so wahrscheinlich wie ein Regenguss mitten in der Trockenzeit in Texas – doch Wunder gibt es immer wieder.

BRICE

Die Cowboys von Ransom Creek, Buch 7

DEBRA CLOPTON

BRICE

Copyright © 2019 Debra Clopton Parks

Dieses Buch ist ein fiktionales Werk. Namen und Figuren sind der Fantasie der Autorin entsprungen oder werden fiktiv benutzt. Jede Ähnlichkeit mit einer wirklichen Person, ob lebend oder tot, ist völlig zufällig.

KAPITEL EINS

Brice Presley hatte die spontane Hochzeit seines Bruders verpasst, da er Vieh ausgeliefert hatte, als Vance zwischen zwei Rodeos die Gelegenheit beim Schopf ergriffen hatte, nach Hause zu fahren und Libby übers Wochenende zu heiraten. Er war nicht glücklich darüber, die Hochzeit verpasst zu haben, doch er verstand, warum Vance Libby mit sich auf Tour haben wollte.

Vance wollte dieses Jahr erneut versuchen, sich die NPR-Krone zu holen, und konnte es nicht ertragen, die Liebe seines Lebens nicht bei sich zu haben, darum hatte er sie ausgerechnet an dem Wochenende geheiratet, als Brice außerhalb unterwegs war. Brice hatte direkt nach der Zeremonie mit Vance telefoniert und ihm gratuliert, und ihm war aufgefallen, dass Vance zufrieden klang – als wäre er bereit, die Welt zu erobern.

Zufriedenheit war etwas, das Brice in all seinen Brüdern sah, und jetzt, wo auch Drake verlobt war, war ihm ein bisschen melancholisch zumute. Das Leben um ihn herum befand sich im Wandel, und er hatte das Gefühl, es ging ohne ihn weiter.

Er mochte dieses Gefühl nicht. Doch als er einen Mustang zum Arbeiten in den Paddock führte, fiel sein Blick auf seinen Dad, der aus der Scheune kam. Marcus blieb stehen, um kurz in die Sonne zu blicken, dann ging er auf Brice zu. In letzter Zeit war sein Dad nicht er selbst gewesen, und sie machten sich alle Sorgen um ihn. Drake hatte ihnen gesagt, dass Karla, die Freundin seines Vaters, mit ihm Schluss gemacht hatte. Seitdem bewegte sich Marcus Presley wie ferngesteuert. Das war die einzig passende Beschreibung, die Brice einfiel.

„Hey Dad?“, rief Brice. „Suchst du nach mir?”

„Ja. Ich habe gerade mit Frank Leonard telefoniert. Er meinte, seine neuen Mieter ziehen morgen ein, und hat gefragt, ob einer von euch Jungs vorbeischauen kann, um zu sehen, ob Wasser und Strom funktionieren. Er hatte Probleme mit den Rohren, und eine Firma hat alles überprüft und repariert, doch er will sichergehen, dass auch wirklich alles läuft. Du bist der einzige, der heute da ist, wenn es dir also nichts ausmacht?“

Es machte ihm nichts aus. Frank war ein Rancher, der ihnen einen Teil seines Landes verpachtet hatte, als er und seine Frau sich entschieden hatten, sich zur Ruhe zu setzen, ihre Ranch zu verpachten und zu reisen. In Brice‘ Augen war das etwas Seltsames für Rancher, doch wenn es ihnen gefiel, warum nicht? Doch einen Mieter für ihr großes Haus hier in Ransom Creek zu finden, hatte sich als schwerer als erwartet erwiesen.

„Hat er endlich jemanden gefunden, der das Haus mieten will?“

„Ja, eine alleinerziehende Mutter mit zwei

Kindern."

„Wirklich? Sie zieht in dieses große Haus?"

„Scheinbar ja. Bin mir nicht sicher, was sie beruflich macht, dass sie hier rauszieht oder ein so großes Haus will."

Brice warf einen Blick auf sein Pferd. „Lass mich den hier in seine Box zurückbringen, dann fahre ich gleich mal rüber."

„Danke." Marcus drehte sich um und ging wieder in Richtung Haus.

„Dad – wie geht's dir? Hast du mal wieder mit Karla gesprochen?"

Als er sich wieder umdrehte, wirkte sein Blick ein wenig verloren und sogar ein bisschen gereizt. „Nein, aber sie hat mich gebeten, nicht mehr zu ihr zu fahren."

Er hasste es, seinen Dad so niedergeschlagen zu sehen. Bevor Karla in sein Leben gekommen war, war es ihm gut gegangen – vielleicht nicht ganz so gut, wie sie gedacht hatten, doch zumindest hatte er zufrieden gewirkt und wie seine Söhne hart auf der Ranch gearbeitet. Doch dann hatte er einen Herzinfarkt und hatte Karla im Krankenhaus kennengelernt, wo sie seine Krankenschwester gewesen war. Seitdem hatte er sich verändert. Er hatte angefangen, ernsthaft mit ihr auszugehen und mehr seiner Aufgaben auf der Ranch an ihn und seine Brüder abzugeben. Sie waren glücklich gewesen, dass er sich endlich Zeit für sich nahm, und hatten gehofft, dass er in Karla vielleicht seine zweite Frau gefunden hatte. Doch dann hatte Karla plötzlich die Beziehung beendet, und sein Dad hatte nicht verstanden, warum.

Brice glaubte, dass sie ihn hatte heiraten wollen und sein Dad sich zu viel Zeit gelassen hatte. In gewisser Weise konnte Drake das nachvollziehen, denn er war sich nicht sicher, ob er sein Leben je mit einer ernsthaften Beziehung verkomplizieren wollte. Er hatte den Schmerz und das Leid gesehen, das sein Vater durchgemacht hatte, nachdem ihre Mutter bei der Geburt ihrer kleinen Schwester Lana gestorben war. Er hatte gesehen, wie sich sein Vater krumm und bucklig gearbeitet hatte, um sich um sie und die Ranch zu kümmern. Und Brice hatte das Gefühl, dass in seinem Herzen immer noch ein Loch klaffte, dort, wo seine Mutter gewesen war. Doch er hatte auch die Veränderung gesehen, als Karla in sein Leben gekommen war, und sie hatten alle Hoffnung geschöpft, dass für ihren Dad eine zweite Liebe erblühen könnte.

„Ich dachte, sie hätte es sich vielleicht doch nochmal überlegt", sagte er. „Meinst du, du kommst darüber hinweg?"

„Ja ja, mach dir keine Sorgen um mich. Danke, dass du dich um die Sache mit Franks Haus kümmerst."

„Kein Problem." Brice führte das Pferd zurück in den Stall, und als er ihn wieder in seine Box brachte, kamen die anderen Pferde an die Türen ihrer Boxen, da sie glaubten, dass sie als nächstes dran waren. „Sorry, Jungs. Muss was erledigen. Dauert aber nicht lange."

Brice lieferte Vieh von der Presley Ranch landesweit aus und managte an den Tagen, an denen er nicht unterwegs war, auch die Produktionsphase. Im Augenblick war nicht viel zu tun, da sie bereits eine Runde in vitro mit ihren Kühen durchhatten und darauf warteten, dass die Kälbchen im Januar und Februar zur

Welt kamen. Das gab Brice Zeit, ein paar der wilden Mustangs zuzureiten, die sie aufgenommen hatten, damit sie adoptiert werden konnten. Der Prozess machte ihm Spaß, und es war schön zu sehen, wenn eine Familie oder andere Rancher kamen, um einen Mustang zu adoptieren.

Ein paar Minuten später bog er, begleitet von einem alten Clint Black Song, der aus dem Radio dudelte, in die Auffahrt der Nachbarranch ein. Sie lag nicht weit entfernt auf der anderen Straßenseite. Das letzte Stück der Auffahrt war nicht befestigt, und als er über die trockene Erde fuhr, sah es so aus, als würde er von einem Staubsturm gejagt. Das Land war schön wie ihr eigenes, mit sanft hügeligen Weiden, die hier und da mit alten Eichen und kleinen Weihern gesprenkelt waren. Ideal für Vieh, sich in den heißen texanischen Sommern abzukühlen. Brice hatte mit dem Gedanken gespielt, den Leonards das Land abzukaufen, um seine eigene Ranch aufzubauen. Als er darauf gehofft hatte, dass sein Dad und Karla vielleicht heiraten würden, war ihm bewusst geworden, dass er der einzige wäre, der noch mit den Frischvermählten im Haupthaus wohnen würde. Die Gefahr bestand im Augenblick offensichtlich nicht, doch in letzter Zeit hatte er immer öfter das Bedürfnis verspürt, etwas Eigenes aufzubauen, vielleicht nebenbei, während er immer noch auf der Ranch der Familie half.

Er repräsentierte die Ranch, wenn er das Vieh auslieferte, doch dauernd unterwegs zu sein fing an, ihn zu stören. Er hatte Verständnis dafür gehabt, dass er Vance' Hochzeit verpasst hatte, doch es störte ihn immer noch, dass er am anderen Ende von Texas gewesen war, als sein kleiner Bruder ihn mit einer spontanen Hochzeit überrascht hatte. Als er über das Land der Leonard Ranch fuhr, wuchs seine Unzufriedenheit plötzlich auf ein neues Niveau an. Sie konnten Fahrer einstellen. Er hatte es nur getan, weil er es gewollt hatte ... weil es ihm immer regelrecht die Luft abgeschnürt hatte, immer an einem Ort zu sein. Er verstand nicht warum, doch er spürte, dass sich etwas in ihm veränderte.

Er würde mit Drake darüber reden und sich einen Plan zurechtlegen, der damit begann, ein Angebot für diese Ranch abzugeben. Diese neue Frau, die hierherzog, war Sand im Getriebe seines Plans, doch sie war nur eine Mieterin, und es gab andere Häuser, die sie mieten konnte.

Als er seinen Truck anhielt, sah er einen anderen Truck, der bei der Scheune geparkt stand. Er hatte geglaubt, dass Mr. Leonard seine Trucks und Trailer verkauft hatte. Als er ausstieg, sah er sich um, entdeckte jedoch niemanden. Er musste sich wohl geirrt haben, was die Trucks anging, und ging über den betonierten Weg. Seine Sporen klirrten, als er über den Beton ging – der einzige Laut an diesem trockenen Nachmittag. Ein einsamer Laut in einer einsamen Gegend. Jemand wohnte jetzt hier. Er hätte schon längst ein Kaufangebot abgeben sollen. Jemand würde ein Angebot abgeben, bevor er eine Chance dazu bekam, und das geschähe ihm recht, weil er sich zu viel Zeit gelassen hatte. Er griff nach dem versteckten Schlüssel, der normalerweise auf dem Türrahmen lag, doch er war nicht da. Er runzelte die Stirn, doch dann erinnerte er sich daran, dass die Klempner dagewesen waren. Er drehte am Türgriff, und die Tür ging auf. Er war nicht glücklich, dass die Handwerker nicht abgeschlossen hatten. Nicht, dass der Schlüssel schwer zu finden gewesen wäre, doch wenn man jemanden beauftragte, einen Job zu erledigen, sollte derjenige danach auch wieder abschließen.

Das Haus hatte einen großzügigen, offenen Grundriss mit Holzböden und freiliegenden Deckenbalken. Die Küche war schön, und die Einbauten waren rustikal-texanisch. Ein behagliches Haus. Ein schöner Ort, um eine Familie großzuziehen …

Als Mann in den Dreißigern plante er zwar, ein Haus zu kaufen, doch eine Familie zu haben – für diesen Schritt war er noch nicht bereit und würde es vielleicht auch nie sein.

Sich nur um sich selbst sorgen zu müssen und vielleicht seinen Dad und seine Geschwister war etwas anderes, als die Verantwortung für eine Frau und Kinder zu tragen.

Trotzdem schoss die Idee durch seine Gedanken wie ein Peitschenhieb. Er ignorierte sie, ging zum Spülbecken und drehte den Wasserhahn auf. Das Wasser lief. Er ging nach oben zu den Schlafzimmern, um zu sehen, ob die Toilettenspülungen funktionierten. Als er eines der kleineren Gästezimmer betrat, ließ ihn das Geräusch von laufendem Wasser aufhorchen. Hatte der Installateur nicht nur die Tür unverschlossen gelassen, sondern auch noch vergessen, einen Wasserhahn abzudrehen? Er hoffte nur, dass nichts überlief.

Als er die angelehnte Badezimmertür aufstieß, schlug ihm heißer Dampf entgegen. Der Spiegel war beschlagen. „Was zum…?“, murmelte er, und im nächsten Moment gellte ein markerschütternder Schrei durch den Raum.

Er stolperte zurück und stieß im selben Moment gegen den Waschtisch, als der Duschvorhang heruntergerissen wurde und eine Frau mit Shampoo in den Haaren noch lauter schrie, als sie ihn sah. *Wer? Was?*

„Wer sind Sie?“, zeterte sie, bevor er irgendetwas sagen konnte, und sah ihn hinter dem Duschvorhang mit Pferdedruck hervor böse an. Blonde, eingeschäumte Haare klebten an nasser Haut, und blaue Augen schossen Pfeile auf ihn ab.

Er war sprachlos und konnte sie nur anstarren.

„Was haben Sie hier zu suchen?", keifte sie wütend, während sie nach der langen Bürste griff, die neben dem Duschkopf hing. Sie hielt sie wie ein Schwert, während sie sich an dem Plastik-Duschvorhang festklammerte, der halb von der Vorhangstange hing. Sie war offensichtlich bereit, sich wenn nötig mit der Holzbürste zu verteidigen.

Wow, sie wirkte tough. Wildentschlossen.

Als der Gedanke ihn wie ein Dampfhammer traf, schaltete sich sein Verstand ein. Er hob die Hände. „Bitte beruhigen Sie sich. Ich habe nicht vor, Ihnen etwas anzutun. Aber wer sind Sie, und was machen Sie hier? Ich bin hier, um…" Sein Gehirn setzte aus, als er sie genauer betrachtete. Warum war er hier? „Um die Klempnerarbeiten zu kontrollieren." Ja, das war es. Die Klempnerarbeiten hatten ihn hergebracht, und als er die eingeseifte Schönheit sah, musste er sich eingestehen, dass er noch nie in seinem Leben so dankbar für leckgeschlagene Leitungen gewesen war.

Wer war diese Frau?

Tara Quinn verbarg ihre Angst und zwang Stärke

und Selbstvertrauen in ihrer Stimme, um den Eindruck zu erwecken, furchtlos zu sein. Nicht, dass der Rückenschrubber mit dem Luffaschwamm am Ende eine adäquate Waffe gewesen wäre, wenn dieser schlanke, muskulöse, breitschultrige Cowboy sich auf sie gestürzt hätte. Doch sie war eine Kämpferin. Der gute Gott hatte ihr einen ausgeprägten Kampfgeist geschenkt, vielleicht, weil er gewusst hatte, dass sie im vergangenen Jahr jedes bisschen davon gebraucht hatte. *Dieser Cowboy würde gleich herausfinden, dass er sich mit der falschen Frau angelegt hat.* Sie presste verkrampft den Duschvorhang an ihren Körper und dachte dabei nicht daran, dass die Duschvorhangstange eine bessere Waffe abgegeben hätte als der Luffaschwamm. Die Stange zu benutzen, ohne splitternackt dazustehen, hätte sich jedoch als Problem erweisen können. Doch zum Glück wusste sie sehr wohl, wie man Knie und Ellbogen einsetzte.

Sie deutete mit dem Rückenschrubber auf ihn. „Ich habe dieses Haus gemietet und habe keinen Klempner bestellt."

„Ah, Sie sind die Mieterin." Er entspannte sich

sichtlich. „Sie sollten doch erst morgen kommen."

„Woher wissen Sie das?"

„Mr. Leonard hat es mir gesagt. Genau genommen meinem Dad, denn er hat ihn angerufen und gebeten, mich oder einen meiner Brüder rüberzuschicken, um nach dem Wasserproblem zu sehen." Der Cowboy lehnte sich an den Waschtisch, verschränkte die Arme und lächelte charmant. „Ich hatte nicht damit gerechnet, Sie in der Dusche zu finden, als er mich hergeschickt hat."

Ihr Adrenalinspiegel normalisierte sich wieder, und ihr Herz beruhigte sich auch langsam, doch ihr war durchaus bewusst, dass sie klatschnass und nackt hinter dem Vorhang war, als sie den Cowboy anstarrte. Er hatte offensichtlich kein Problem damit, so, wie er sich an den Waschtisch lehnte und sie angrinste.

Sie runzelte die Stirn. „Sie können sicher nachvollziehen, dass ich nicht mit einem Eindringling gerechnet habe, als ich duschen gegangen bin. Wenn es Ihnen nichts ausmacht, sich von meinem Waschtisch zu erheben und mein Bad zu verlassen, würde ich mich jetzt gerne anziehen."

Dieser Typ war unglaublich – sobald sie sich angezogen hatte, würde sie den Vermieter anrufen.

„Sorry." Er stieß sich vom Waschtisch ab und sah zumindest so aus, als täte es ihm leid. „Sie haben Recht. Ich stehe nur immer noch unter Schock, und meine Knie sind ein bisschen weich. Ich hab fast einen Herzinfarkt bekommen, so wie Sie mich da mit Ihrem Rückenschrubber bedroht haben."

„Wahnsinnig witzig. Und jetzt gehen Sie bitte."

Leise lachend ging er zur Tür. „Ich warte in der Küche auf Sie", rief er und verschwand.

„Unverschämtheit. Wer war das überhaupt?", brummte sie vor sich hin, als ihr bewusst wurde, dass er ihr nicht einmal seinen Namen gesagt hatte, nur, dass er Vermieter ihn gebeten hatte, herzukommen. Ihr Blut kochte immer noch, als sie aus der Dusche stieg und über die Vorhangstange stolperte. Es gelang ihr gerade so, nicht auf den Dielenboden aufzuschlagen, indem sie sich am Waschtisch festklammerte.

Sie rappelte sich auf, griff nach der Tür und schlug sie zu, dann schloss sie ab. Gereizt atmete sie durch und versuchte, sich zu beruhigen. Seife brannte in ihren Augen, darum ging sie zurück zur Dusche, um sich noch einmal schnell abzuspülen. Mit zusammengekniffenen Augen ging sie zur Dusche und kletterte schnell in die rutschige Emaillebadewanne – zu schnell.

„Oh nein!", keuchte sie und griff hektisch um sich, um den Sturz abzufangen, doch da war nichts.

Sie schlug zuerst mit der Hüfte auf, dann mit dem Rücken, dann der Schläfe.

„Au", stöhnte sie und blickte zur geweißelten Decke auf, bevor ihre Sicht verschwamm.

„Sind Sie okay da drin?", rief der Cowboy von draußen und rüttelte am Türknauf. „Sind Sie ausgerutscht?"

Sie schloss die Augen. *Natürlich hatte er sie gehört.* Sie war froh, die Tür abgeschlossen zu haben, als sie sich vorstellte, wie er ins Badezimmer gestürmt kam und sie nackt, wie Gott sie geschaffen hatte, in der Badewanne liegen sah.

„Bitte sagen Sie was."

Was für eine Nervensäge. „Mir geht's gut." Ihre Stimme klang viel schwächer, als sie gehofft hatte.

„Verschwinden Sie."

„Sie hören sich aber nicht gut an." Wieder rüttelte er am Türknauf.

Panik schoss durch den Nebel in ihrem Kopf. „Kommen Sie bloß nicht rein", knurrte sie, während ihr Kopf anfing zu schmerzen. Sie zog sich an beiden Seiten der Wanne hoch in eine sitzende Position. Sie schüttelte den Kopf, um den Nebel zu vertreiben, doch es tat nur noch mehr weh, und der Raum begann sich zu drehen. Sie versuchte, es zu ignorieren, und griff nach dem Handtuch, das von der Stange oberhalb der Toilette hing, erreichte es jedoch nicht. Sie stöhnte und versuchte es erneut, und diesmal erwischte sie die Ecke.

„Im Ernst, haben Sie sich wehgetan?"

Erst, als sie das Handtuch an sich zog, wurde ihr bewusst, dass das Wasser aus dem Duschkopf immer noch auf sie herunterprasselte. Sie beugte sich vor und drehte den Hebel um, bevor sie das Handtuch über sich drapierte, für den Fall, dass der Höhlenmensch von einem Cowboy die Tür einrannte, um sie zu *retten*.

„Wenn Sie mir nicht antworten, komme ich rein."

Oh ja, antworten. „Mir geht's gut", presste sie zwischen zusammengebissenen Zähnen hervor.

„Sie hören sich aber nicht so an. Sie sind ausgerutscht, oder? Haben Sie sich den Kopf gestoßen?"

Sie musste einen Moment überlegen. „Ja", sagte sie und fühlte sich schwächer. *Warum hatte sie das schon vergessen?*

„Okay. Wenn Sie die Tür nicht aufmachen können, muss ich sie aufbrechen."

Plötzlich hörte sie ein lautes Krachen. Sie presste das Handtuch an ihren Körper und schrie. Er musste sich mit seinem ganzen Gewicht gegen die Tür geworfen haben, doch zum Glück hielt sie.

„Nicht!", schrie sie und schaffte es, sich aufzusetzen. „Ich komme. Warten Sie."

„Was, wenn Sie wieder stürzen?"

Sie biss die Zähne aufeinander. „Werd ich schon nicht." Das hoffte sie zumindest. „Warten Sie, okay?" Sie rappelte sich auf, doch ihre Knie waren weich, als sie sich am Rand der Badewanne festhielt und auf den Badvorleger trat.

Sie nahm ein trockenes Badetuch vom Handtuchhalter und wickelte es um sich. Sie lehnte sich an die Wand, als das Schwindelgefühl überwältigend wurde. Sie musste gestöhnt haben.

„Sie hören sich gar nicht gut an. Ich komme rein. Haben Sie was um?"

„Ja, aber warten Sie, ich komme zur Tür. Mir ist nur schwindelig."

Sie tastete sich an der Wand entlang zur Tür. Zum Glück war dieses Bad nicht groß, nicht wie das andere Badezimmer, das dreimal so groß war. Da wäre es weit von der Dusche bis zur Tür gewesen. Erleichterung und Nervosität machten sich gleichzeitig breit, als sie die Tür erreichte und aufschloss.

Warum hatte sie ihre Kleider nicht mit ins Badezimmer genommen?, überlegte sie, dann erinnerte sie sich, dass niemand sonst im Haus sein sollte, und sie sie darum in ihrem Schlafzimmer gelassen hatte.

Sie hoffte nur, dass sie nicht ohnmächtig umkippen und das Badetuch wegrutschen würde.

Die Tür ging auf, und der Cowboy schob seinen Kopf herein. Als er ihrem Blick begegnete, riss er die

Augen auf und kam herein.

„Das ist gar nicht gut“, sagte er und sah sie beunruhigt an.

„Was?“, fragte sie und dachte daran, dass sie nie ausgerutscht und sich den Kopf angestoßen hätte, wenn er nicht hereingeplatzt wäre.

Als er auf sie zu kam, wich sie zu schnell zurück, und alles drehte sich. Ihre Knie wurden weich und wollten ihr Gewicht nicht mehr tragen. Sie griff nach irgendetwas, um nicht zu fallen, und diesmal erwischte sie sein Hemd, genau in dem Moment, als er sie auffing und an seine harte Brust hob.

„Halten Sie sich fest.“

Brice machte sich Sorgen, als er die hübsche Blondine auffing. Jetzt hatte sie keine Seife mehr in ihren Haaren. Sie musste sie abgespült haben, bevor sie ausgerutscht war. Sie blinzelte benommen zu ihm auf, und sein Puls begann zu rasen. Als er den dumpfen Schlag aus dem Badezimmer gehört hatte, hatte er sofort befürchtet, dass etwas passiert war. Über dem linken Auge hatte sie einen ansehnlichen Bluterguss, doch es war ihr benommener Blick, der ihm Sorgen machte.

„Alles dreht sich", stöhnte sie.

„Sie haben eine Beule so groß wie ein Tennisball an Ihrer Stirn." Er zögerte nicht und ging in Richtung Schlafzimmer, während sie verzweifelt das Badetuch am Verrutschen zu hindern versuchte.

„So groß?", murmelte sie und erstarrte, als sie das Schlafzimmer betraten. „Was tun Sie da? Lassen Sie mich runter. Und sehen Sie mich nicht an."

„Ich werde Sie schon nicht ansehen, und absetzen werde ich Sie auch gleich. Jetzt zappeln Sie aber bitte nicht rum und halten Sie Ihr Badetuch fest. Sie werden es schon überleben." Dass sie sich bewusst war, dass sie nur mit einem Handtuch bekleidet war, sagte ihm, dass sie nicht ganz so benommen war, wie er befürchtet hatte. Er ging zum Bett, legte sie darauf und zog die Decke über sie. Dann richtete er sich auf und betrachtete die Beule. „Das ist ein schönes Ei. Ich nehme mal an, Sie haben schreckliche Kopfschmerzen, oder?"

Sie nickte langsam.

„Und blass sind Sie auch. Vielleicht sollte ich Sie

besser zum Arzt bringen.“

„Nicht nötig. Ich bin ein bisschen benommen, aber ein paar Aspirin, und mir geht's wieder gut. Und könnten Sie jetzt bitte gehen? Sie haben für einen Tag schon wirklich genug Probleme gemacht.“

Wo sie Recht hatte, hatte sie Recht. „Und darum werde ich Sie ganz sicher nicht allein lassen, nachdem Sie sich den Kopf an der Badewanne angeschlagen haben.“

„Ich gehe nicht ins Krankenhaus.“

Er holte sein Handy aus der Tasche und rief die Person an, die für diese Situation am besten ausgerüstet war: Karla, die Freundin seines Dads. Exfreundin. Sie war Krankenschwester, und vielleicht konnte sie diese Frau zur Vernunft bringen.

„Rufen Sie bloß nicht den Rettungsdienst“, keifte seine verletzte Nachbarin und wollte sich aufrichten, ließ sich jedoch ganz schnell wieder auf die Kissen sinken.

„Ich rufe Karla an, sie ist Krankenschwester“, sagte er und dann: „Hallo Karla, Brice hier.“

„Brice“, sagte Karla herzlich.

Ihre Stimme strahlte eine Mischung aus Stärke und Fürsorge aus, die eine ungemein beruhigende Wirkung auf ihre Patienten hatte. Es tat ihm leid, dass ihre Beziehung mit seinem Vater nicht funktionieren wollte. Er hatte gehofft, dass sein Vater endlich jemanden gefunden hatte, den er liebte und der ihm über den tragischen Tod seiner Frau hinweg half. Brice und alle seine Geschwister hatten gehofft, dass Karla die Frau war, die das Herz ihres Vaters für sich gewinnen würde. Doch im Moment sahen die Aussichten für die beiden nicht gut aus.

„Ich habe einen Notfall hier–"

„Dein Dad", unterbrach sie mit angespannter Stimme.

Brice registrierte die Angst in ihrer Stimme, und es tat ihm leid, sie erschreckt zu haben. „Nein, eine Frau. Sie hat sich den Kopf in der Wanne angeschlagen und ist benommen. Sie hat eine dicke Beule an der Stirn. Ich habe schon oft mit Cowboys zu tun gehabt, die sich Tritte von Pferden oder Kühen eingehandelt haben, aber sie ist eine Frau…" Er war sich nicht sicher, ob Karla jetzt die Angst in seiner

Stimme hören konnte. Als er die Frau ansah, funkelte sie ihn finster an, trotzig, doch er wusste, dass sie furchtbare Kopfschmerzen haben musste.

Eis.

Sofort eilte er in die Küche. Natürlich. Sie brauchte Eis.

„Okay, pack Eis auf die Schwellung", sagte sie, als hätte sie seine Gedanken gelesen.

„Bin schon in der Küche. Die Beule ist an ihrer linken Schläfe, und es passt ihr gar nicht, dass ich Hilfe rufen will. Sie sagt, sie ist okay, aber sie sieht benommen aus. Ich denke, ich sollte den Rettungsdienst anrufen."

„Nein, warte. Kein Grund zur Panik. So, wie sich das anhört, würde sie sowieso nicht in den Rettungswagen steigen, darum kannst du dir den Anruf sparen. Wie gesagt, pack Eis auf ihre Beule, und achte auf ihre Augen. Und lass sie nicht mehr als zwei Stunden am Stück schlafen."

„Aber … ich bin nur hergekommen, um nach den Klempnerarbeiten zu sehen." Er wusste nicht einmal, wie sie hieß, und er war sich sicher, dass es ihr gar nicht passen würde, wenn ein Wildfremder ihr vorzuschreiben versuchte, was sie zu tun oder zu lassen hatte.

„Wenn sonst niemand da ist, musst du auf sie aufpassen.“

„Das wird ihr aber nicht gefallen.“ Er öffnete die Tür und fand reichlich Eis im Gefrierschrank vor. Er fing an, die Schubladen zu öffnen, um nach einem Plastikbeutel oder einem Geschirrtuch zu suchen.

„Du wärst nicht die erste Krankenschwester, die bei einem Patienten keine freundliche Aufnahme findet.“

„Ich glaube wirklich nicht, dass ihr das gefällt. Wenn du zufällig in der Nähe bist, wäre es wirklich hilfreich, wenn du vorbeischauen könntest.“

Sie schwieg einen Moment. „Ich bin nicht in der Nähe. Das schaffst du schon.“

„Okay, einen Versuch war’s wert. Ich rufe eines der Mädels an“, sagte er und überlegte, bei welcher der Frauen seiner Brüder er es versuchen sollte. Er brauchte die Hilfe einer Frau und zwar pronto. Er hätte wissen sollen, dass Karla nicht in der Nähe war. Seit sein Dad sie wütend gemacht hatte, kam sie nicht mehr her – wirklich schade. Doch sie war Krankenschwester, und darum war sie sein erster Gedanke gewesen.

„Halt mich auf dem Laufenden", sagte sie und zählte ein paar Symptome auf, auf die er achten sollte, denn sobald die auftraten, musste er sie ins Krankenhaus bringen, ganz gleich, ob sie wollte oder nicht. Er hoffte, dass sie nicht ohnmächtig werden oder es ihr schlechter gehen würde. Zumindest nicht, bis sie sich was angezogen hatte.

„Mach ich, danke. Und, Karla. Die Sache zwischen dir und meinem Dad … das tut mir wirklich leid."

„Mir auch. Bis bald."

Nachdem sie aufgelegt hatte, rief er sofort Beth an, da sie wahrscheinlich zu Hause war und ganz in der Nähe, da sie und Cooper Nachbarn waren.

„Komm, geh ran", murmelte er, während er dem Klingelton lauschte.

„Hallo?"

„Beth!", platzte er heraus. „Ich brauche dich ganz

dringend in Frank Leonards Haus. Kannst du bitte ganz schnell herkommen? Es ist ein Notfall.“

„Klar. Was ist passiert?“, fragte sie, und im Hintergrund hörte er eine Tür zufallen und sie die Verandatreppen hinunter joggen.

Er berichtete, was vorgefallen war. „Verstehe. Ich komme so schnell ich kann.“ Das Geräusch eines aufheulenden Motors beruhigte ihn.

Er war vielleicht noch nicht so weit, zu heiraten und Wurzeln zu schlagen, doch er war froh, dass seine Brüder glücklich waren. Er liebte seine Schwägerinnen – jede einzelne von ihnen.

Und im Augenblick ganz besonders Beth, die ohne viele Fragen zu stellen zu seiner Rettung eilte. Er hoffte nur, dass sie bald hier sein würde.

KAPITEL ZWEI

Taras Kopf dröhnte. Sie konnte sich nicht konzentrieren, doch sie war sich ziemlich sicher, dass sie nicht ohnmächtig werden würde. Das lag hauptsächlich daran, dass sie nicht vorhatte, aufzustehen. Doch sie brauchte dringend etwas anzuziehen.

Natürlich lagen ihre Klamotten auf dem Sessel am Fenster – auf der anderen Seite des Raumes. Sie überlegte, ob sie versuchen sollte aufzustehen, solange der Cowboy in ihrer Küche herumrumorte. Doch falls sie aufstand und versuchte, es zum Sessel zu schaffen, könnte sie womöglich ohnmächtig werden, und ja, das war keine angenehme Vorstellung.

Beim Gedanken an den Cowboy, der an allem schuld war, loderte der Ärger in ihr auf. Doch davon schmerzte ihr Kopf noch mehr, darum starrte sie an die Decke und versuchte sich zu konzentrieren. *Woran hatte sie gerade gedacht, als ihre Gedanken zu diesem Cowboy abgeschweift waren? Ach ja, ihre Klamotten.*

Sie brauchte sie, doch sie würden bleiben, wo sie waren, bis sie diesen Mann losgeworden war. Sein Texasakzent war allerdings recht angenehm, als sie ihn mit der Frau telefonieren hörte. Vielleicht war sie seine Frau. Oder seine Freundin. Irgendetwas sagte ihr, dass er nicht verheiratet war.

Er hatte gesagt, dass sie Krankenschwester war, daran erinnerte Tara sich. Die Beule an ihrem Kopf war riesig und fühlte sich an, als versuchte ihr Gehirn, durch ihren Schädel zu brechen, darum war es beruhigend, dass er eine Krankenschwester angerufen hatte. So schlecht konnte er nicht sein, auch wenn er ein Eindringling war, der nicht in ihrem Haus hätte sein sollen. Sie schloss die Augen und versuchte, sich zu entspannen. Die Laken, mit denen er sie zugedeckt hatte, ließ sie jedoch nicht los.

Das tiefe Grollen seiner Stimme verstummte, und sie nahm an, dass er aufgelegt hatte.

„Ich habe Eis für Sie", sagte er, als er ins Schlafzimmer kam.

Sie riss die Augen auf und richtete sich abrupt auf.

„Hey, ganz ruhig", sagte er und sah sie entschuldigend an. „Ich wollte Sie nicht erschrecken. Manchmal bin ich wie ein Elefant im Porzellanladen. Ich habe ein bisschen Eis für das Hühnerei an ihrem Kopf hier." Er hielt ihr ein Geschirrtuch mit Eiswürfeln entgegen. „Ich habe leider keine Plastiktüte finden können."

Die Aussicht, den pochenden Schmerz des „Hühnereis" betäuben zu können, hörte sich himmlisch an.

Sie streckte ihre Hand danach aus, zuckte zusammen und schloss mit schmerzverzerrtem Gesicht die Augen. Als er anstatt ihr den Eisbeutel zu geben, ihre Hand mit seiner warmen ergriff, schoss die Wärme durch sie hindurch, und sie riss die Augen auf, um seinem eindringlichen Blick zu begegnen. Ihr Herz pochte schneller, als sie einander anstarrten.

„Das wird schon wieder", sagte er und hielt ihr den Beutel entgegen, als redete er mit einem scheuen Fohlen. Genau dieses Bild sah sie vor ihrem inneren Auge, und sie fühlte sich gleich ein bisschen sicherer, was diesen gutaussehenden Mann anging.

Ja, er sah definitiv gut aus, mit seinen dunklen Haaren und seinen grünen Augen.

Du hast weder Interesse an gutaussehenden Männern noch an Fröschen, kreischte ihr benebelter Verstand in ihrem schmerzenden Kopf. Und dem war so, sie hatte kein Interesse an Männern.

Sie griff nach dem Eisbeutel und legte ihn behutsam auf die Beule auf ihrer Schläfe. Sie seufzte, als die Kühle beinahe sofort Linderung brachte. Er lächelte, als sie seufzte, als wäre auch er erleichtert.

„Das sollte helfen", sagte er. „Zumindest hoffe ich das. Ich muss auf Sie aufpassen und darf Sie nicht zu lange schlafen lassen."

Sie blinzelte zu ihm auf. „Sie werden nicht da sein, wenn ich schlafe."

„So leid es mir tut, aber Sie können jetzt nicht allein sein."

„Das ist lächerlich. Ich lasse mir doch nicht von Ihnen erzählen, was ich kann oder nicht. Sie sind der Klempner, nicht mein Babysitter."

„Naja, ganz stimmt das nicht. Ich bin Ihr Nachbar, oder haben Sie das schon vergessen?"

Hatte er ihr das gesagt? Sie war sich nicht sicher.

„Das heißt immer noch nicht, dass Sie einfach nach Belieben hier rumhängen können. Sie können gehen. Mir geht's gut." Sie schloss die Augen, wenig begeistert davon, dass sich sein Anblick auch vor ihrem inneren Auge festgesetzt hatte.

„Das kann ich nicht. Was wäre ich dann für ein Nachbar? Außerdem ist es keine gute Idee. Und davon abgesehen hat Schwester Karla gesagt, dass ich nicht gehen darf. Sie könnten eine Gehirnerschütterung haben oder Schlimmeres. Ich gehe jetzt nicht, und schon gar nicht, nachdem Sie ja schon mehrmals betont haben, dass ich daran schuld bin. Ich wollte es ganz sicher nicht, aber so ist es nun einmal. Darum werde ich nicht gehen, solange ich nicht sicher bin, dass Sie außer Gefahr sind.“

Sie öffnete die Augen und funkelte ihn böse an.

Er nickte und warf ihr einen geduldigen Blick zu, der unterstrich, dass er nicht vorhatte, zu gehen.

„Hat Ihnen schonmal jemand gesagt, dass böse Blicke so ziemlich gar nichts bewirken? Ich bleibe.“ Als es an der Tür klingelte, lächelte er. „Aber Sie haben Glück. Das ist meine Schwägerin Beth, ich habe sie hergebeten. Vielleicht kann Sie Ihnen helfen, sich anzuziehen, falls Sie das wollen.“

Bevor sie etwas sagen konnte, war er verschwunden. Sie war ein bisschen erleichtert, dass Beth gekommen war. Nicht, dass sie Angst vor dem Cowboy hatte, der sich immer noch nicht vorgestellt hatte. *War das Absicht? Oder hatte er ihr seinen Namen gesagt und sie hatte ihn schon wieder vergessen?* Sie versuchte, sich zu erinnern, doch das machte ihre Kopfschmerzen nur schlimmer. Was, wenn sie sich recht erinnerte, ein Symptom für eine Gehirnerschütterung war.

Was sollte sie tun? Morgen sollte sie Jed und Paige abholen. Ihre Mutter hatte auf sie aufgepasst, damit sie herkommen und nachsehen konnte, ob das Haus für sie bereit war.

Unfähig, ihre Augen länger offenzuhalten, entspannte sie sich und schloss sie wieder. Vielleicht würden ihr Nachbar und diese Beth ja einfach in die Küche gehen und sie schlafen lassen.

Kurz darauf berührte jemand sanft ihren Arm. „Miss, sind Sie wach?"

Tara öffnete die Augen und blickte in das freundliche aber besorgte Gesicht einer Frau. „Ja, ich habe mich nur kurz ausgeruht."

„Tara, das ist Beth", sagte der Cowboy von der Tür aus.

Sie starrte ihn an. „Wollen Sie mir jetzt nicht endlich auch mal *Ihren* Namen verraten?"

Er erschrak. „Ich habe mir solche Sorgen um Sie gemacht, dass ich ganz vergessen habe, mich vorzustellen. Brice Presley. Uns gehört die Ranch auf der anderen Straßenseite."

„Brice, danke, dass Sie Beth gerufen haben. Und könnten Sie jetzt bitte gehen, damit ich endlich aufstehen und mich anziehen kann?"

„Liegt das an der Gehirnerschütterung, dass Sie reizbar sind, oder sind Sie immer so?"

Sie sah ihn böse an. „Nein, das liegt an *Ihnen*."

„Sind Sie sicher, dass Sie aufstehen können?", fragte er.

Beth stand auf und legte ihre Hände auf seine Arme. „Schon gut. Du kannst gehen und dich um das kümmern, weswegen du hergekommen bist, und ich helfe Tara beim Anziehen. Dann wird sie sich wohler fühlen, und vielleicht kann Sie sich dann entscheiden, ob sie in die Notaufnahme fahren will, um sich von einem Arzt ansehen zu lassen."

Er sah sie über Beths Kopf hinweg an. „Okay, ich bin draußen, wenn ihr mich braucht." Die Sorge stand ihm ins Gesicht geschrieben.

Tara ignorierte ihn. Er hatte es verdient.

Nachdem er gegangen war, wandte Beth sich ihr mit einem Lächeln zu. „Ich habe Brice noch nie so nervös gesehen. Sie müssen ihm wirklich einen Schrecken eingejagt haben."

„Erstens können wir du sagen und zweitens war er derjenige, der mir einen Schrecken eingejagt hat. Er ist ins Bad geprescht gekommen, als ich unter der Dusche stand."

Beth starrte sie mit offenem Mund an. „Im Ernst? Er hat mir nicht erzählt, was passiert ist. Muss schon ein Schock gewesen sein, plötzlich einem Hünen von einem Cowboy mit Werkzeuggürtel gegenüber zu stehen. Dann bist du ausgerutscht und gefallen?"

„Ganz so war es nicht. Ich bin ausgerutscht, nachdem ich ihn aus dem Bad verscheucht hatte und nochmal unter die Dusche wollte. Dann hätte er fast die Tür eingerannt – wie ein Neandertaler."

Beth hob die Hand ans Herz. „Oh wow, er hat versucht, dich zu retten. Wie bist du von da nach hier gekommen?"

Es fiel ihr nicht schwer, sich daran zu erinnern, wie er sie aufgefangen hatte. „Er hat mich getragen."

„Oh, das muss peinlich gewesen sein."

„Ein bisschen schon. Aber wenigstens hatte ich mich in das Badetuch gewickelt, bevor meine Beine nachgegeben haben. Gott, war mir schwindelig. Ich bin froh, dass er da war, sonst wäre ich gleich nochmal gestürzt. Aber wenn er nicht reingekommen wäre …

wie auch immer. Könntest du mir bitte meine Klamotten von dem Sessel da drüben geben?"

Beth ging hinüber zum Sessel, nahm den Stapel Kleider und brachte sie zu ihr. „Brauchst du Hilfe?"

„Ich denke, ich schaff das schon." Sie setzte sich vorsichtig auf und war froh, dass das Zimmer nicht wieder begann, sich um sie zu drehen. Sie legte den Eisbeutel auf den Nachttisch. „Das Zimmer dreht sich nicht mehr, das werte ich mal als gutes Zeichen. Könntest du mir vielleicht ein Glas Wasser holen, während ich mich anziehe? Ich verspreche auch, dass ich solange nicht aufstehe."

„Klar, bin gleich wieder da."

Entschlossen zog Tara ihre Unterwäsche an. Als Beth wieder an die Tür klopfte, hatte sie ihr Sommerkleid über den Kopf gezogen und fühlte sich weniger verletzlich. Ein Gefühl, das ihr ganz und gar nicht gefallen hatte.

„Komm rein", rief sie, blieb jedoch sitzen.

„Besser?" Beth reichte ihr das Glas mit dem Eiswasser.

„Viel besser. Mein Kopf tut immer noch weh, aber

das Eis hat geholfen. Und schwindelig ist mir im Moment auch nicht. Das war's hoffentlich." Sie ratterte einen Satz nach dem anderen herunter. Vielleicht kam ihr Fokus zurück – vielleicht hatte sie der Schlag nur ein bisschen benebelt. Vorsichtig berührte sie die Beule. „Das sieht wahrscheinlich furchtbar aus."

Mitgefühl sprach aus Beths Blick. „Nicht so schlimm. Aber blau ist es schon. Ich würde dir einen Spiegel holen, wenn ich wüsste, wo einer ist." Sie lächelte. „Aber das wird schon wieder."

„Muss wohl. Meine Kinder flippen wahrscheinlich aus, wenn sie mich sehen."

„Du hast Familie?" Beth klang beinahe enttäuscht. „Die dürften geschockt sein, wenn sie dich so sehen."

„Kinder. Einen Jungen und ein Mädchen. Ich bin geschieden."

„Oh, das tut mir leid. Aber deine Kinder werden diese Gegend lieben. Ich kann es kaum erwarten, selbst welche zu haben. Wir arbeiten daran, darum hoffe ich, dass es nicht mehr lange dauerte." Sie strahlte.

Wehmut legte sich um Taras Herz angesichts der

Familie, die ihre Kinder nicht erleben würden. Ihr Exmann hatte diesen Traum zunichte gemacht. Doch sie weigerte sich, an ihn zu denken. Sie war froh, dass sie Abstand zwischen ihm und ihren Kindern geschaffen hatte. Nur dank Gottes Hilfe waren ihre Kinder okay. Oder zumindest so gut, wie man erwarten konnte, nach dem Trauma, das sie wegen ihres Vaters erlitten hatten. Es war gut, dass sie weggezogen waren.

Dieser Umzug gab ihnen die Gelegenheit, neue Wurzeln zu schlagen und sich hier ein Leben aufzubauen. Dieses Haus war perfekt für sie, und das Land eignete sich perfekt, um ihren Plan einer Wassertherapiepraxis für Pferde umzusetzen. Auch wenn sie mit ihrem Vermieter noch nicht über einen möglichen Kauf gesprochen hatte, hoffte sie, dass er sah, dass sie ihre Miete pünktlich zahlte und ihr einen Mietkauf erlaubte. Doch das würde die Zukunft zeigen.

„Brice sagt, seiner Familie gehört die Ranch auf der anderen Straßenseite. Lebst du auch da?"

„Nein. Mein Mann Cooper und ich haben ein Anwesen direkt neben der Presley Ranch. Ist aber nicht weit weg. Wenn ihr euch eingelebt habt, musst du die

Kinder mal rüberbringen und ihnen meine Zwergziegen vorstellen. Das sind die süßesten Energiebündel, die du dir vorstellen kannst. Sie hüpfen rum wie Ping-Pong-Bälle. Und ich ziehe ihnen Kleidchen an und fotografiere sie für Ziegenkalender."

Tara riss die Augen auf. „Du machst diese Kalender? Oh wow, Paige wird ausflippen. Sie liebt diese Ziegen. Sie ist vier, und sie blättert durch die Kalender wie durch ein Bilderbuch."

„Oh wie süß. Ich hatte mir schon überlegt, ob ich Kinderbücher mit ihnen machen soll. Ich freu mich jetzt schon, sie und deinen Sohn kennenzulernen."

„Jed mag sie auch, aber Paige ist besessen von ihnen, wenn du also ein Buch machst, musst du es mir unbedingt sagen. Da muss ich ihnen eins kaufen."

Da wurde Tara bewusst, dass sie sich besser fühlte. Vielleicht lag es daran, dass sie sich seit Beths Ankunft entspannt hatte. Es war eine gute Idee von Brice gewesen, sie anzurufen. Das musste sie ihm zugestehen. Und genau genommen hatte der arme Kerl auch nicht wissen können, dass sie hier war, als er ins Bad gekommen war.

Doch eingestehen konnte sie sich das noch nicht. Er musste doch das Wasser rauschen gehört haben.

In diesem Moment klopfte er leise an die halboffene Tür. Ihr Magen machte einen Satz, und das plötzliche Flattern in ihrer Brust überraschte sie.

„Bei euch beiden alles in Ordnung?", fragte er mit ruhiger Stimme, und wieder war da dieses Flattern.

Beth sah sie an, um ihr die Antwort zu überlassen.

„Alles gut. Du – Sie, ach was, du kannst reinkommen." Tara verspannte sich, und der Raum begann erneut, sich zu drehen, Zeichen genug, dass Anspannung ihrem Zustand nicht zuträglich war.

„Gerne du. Du sitzt ja."

„Oh ja, und nicht lange und ich laufe auch schon wieder rum."

„Das ist gut. Du fühlst dich nicht schläfrig?"

„Im Moment nicht. Keine Sorge. Ich muss sowieso aufstehen, denn morgen will ich meine Kinder abholen."

„Kinder? Du hast Kinder?"

Sie sah, dass sein Blick zu ihrer ringlosen linken Hand schoss. „Ja. Jed ist sechs und Paige ist vier. Zwei wunderbare, lebhafte Kinder." Sie erzählte ihm dasselbe, was sie Beth erzählt hatte, da sie es gewohnt war, zu erklären, dass sie geschieden war. Doch je weniger sie ins Detail ging, desto besser, darum konzentrierte sie sich immer auf die Kinder, und nicht auf den Alptraum, zu dem ihre desaströse Ehe geworden war.

Seine Miene wurde ernst. „Ich bin mir nicht sicher, ob du morgen schon wieder fahren kannst."

„Ach was. Ist mit dem Wasser alles klar?"

Er zögerte. Er hielt ihren Blick fest und sah alles andere als begeistert aus von der Idee, dass sie sich hinters Steuer setzen wollte.

„Ich schaff das schon", sagte sie entschlossen, um ihn daran zu erinnern, dass es ihn nichts anging.

Er hob kapitulierend die Hände. „Ich weiß, ich weiß. Es geht mich nichts an. Aber in gewisser Weise schon, da du nicht in dieser Situation wärst, wenn ich nicht in dein Bad geplatzt wäre. Musst du weit fahren, um sie abzuholen?"

„Etwa zwei Stunden. Ich treffe mich mit meiner Mom in Waco, das ist auf halber Strecke von wo sie lebt.“

„Ich kann dich fahren.“

Beth sah genauso überrascht aus wie Tara, als sich ihre Blicke begegneten. Er war wirklich besorgt, und seine Sorge rührte sie. Er hatte sie in diese Situation gebracht, und er hatte die Verantwortung übernommen, indem er dageblieben war, um sicherzugehen, dass sie okay war. Ihr anzubieten, sie zu fahren und dafür zu sorgen, dass alle sicher nach Hause kamen, unterstrich das nur. Seine Haltung erstaunte sie.

Nachdem sie mit ihrem Exmann zu tun gehabt hatte, einem Mann, der sich jeglicher moralischen Verantwortung entzogen hatte, war sie desillusioniert. Darum überwältigte Brice Presleys Verhalten sie. Während sie ihn anstarrte, begann ihr Kopf wieder zu schmerzen, und ihr Herz stolperte ein paarmal.

„Danke“, sagte sie schwach. „Aber das ist nicht nötig.“

„Du solltest dich von ihm fahren lassen“, sagte Beth und blickte zwischen Brice und Tara hin und her. „Er versucht, den Schaden, den er angerichtet hat, wieder gutzumachen. Und es könnte sein, dass du ihn wirklich brauchst."

„Schau, es ist nicht wirklich deine Schuld. Du warst nur hier, um zu tun, worum dich jemand gebeten hat. Darum hör auf, dich verantwortlich zu fühlen. Ich schaff das schon." Sie hob das vom schmelzenden Eis nasse Küchenhandtuch auf. „Könntest du das in die Küche bringen, bevor noch jemand auf einer Pfütze ausrutscht?"

„Natürlich."

Als er es ihr schnell abnahm, berührten sich ihre Hände, und Hitze schoss von seinen warmen Fingern ihre Arme empor und breitete sich in ihrer Brust aus. Er zögerte und sah ihr in die Augen. Sie schluckte einen Kloß in ihrem Hals hinunter, der vor ein paar Sekunden noch nicht dagewesen war. Anziehung war etwas, das sie nie wieder zu empfinden erwartet hatte. Sie hatte es auch nicht vor, und doch war unleugbar, dass Brice mit seinem attraktiven Äußeren und seinem gewinnenden Lächeln etwas tief in ihrem kalten, versteinerten Herzen an das erinnert hatte, was sie aus ihrem Leben verbannt hatte – oder was Malcom kaputtgemacht hatte.

Sie blinzelte die Gedanken an ihren Exmann weg. Auch wenn sie sich große Mühe gab, für ihn zu beten, es fiel ihr schwer, es für jemanden zu tun, der in die allerunterste Kommodenschublade gehörte.

An Vergeben war, was ihn anging, nicht zu denken. Nicht, dass er darum gebeten hatte, doch um ihrer Kinder und ihres eigenen Herzens willen, musste sie ihm vergeben. Sie hoffte, dass sie, wenn sie sich immer wieder dazu ermahnte, ihre Wut loszulassen, ihm eines Tages wirklich vergeben konnte. Doch bis jetzt war das noch nicht passiert.

Und einen romantischen Neuanfang? Den würde es wahrscheinlich nie geben. Ganz gleich, wie sehr die Anziehung, die von diesem attraktiven Cowboy ausging, sie überrascht hatte. Sie wollte ein neues Leben anfangen, doch nicht so.

„Es tropft", sagte er und zog an dem improvisierten Eisbeutel in ihrer Hand.

„Oh", keuchte sie, als ihr bewusst wurde, dass sie in angestarrt und das nasse, eiskalte Küchenhandtuch festgehalten hatte. Sie ließ los und blickte ihm nach, als er das Zimmer verließ.

„Er ist ein echter Charmebolzen", sagte Beth.

Tara wurde rot, da sie wusste, dass Beth ihre Reaktion auf Brice bemerkt und vielleicht missverstanden hatte.

„Und die Sache hier ist ihm wirklich sowas von unangenehm. Hast du irgendwelche Symptome für eine Gehirnerschütterung? Gedächtnisverlust oder sowas?"

Sie überlegte einen Moment, doch ihr fiel nichts ein. „Erst ist es mir schwer gefallen, mich zu konzentrieren, und wenn ich mich zu sehr bemüht habe, hat mir der Kopf wehgetan, doch das ist jetzt besser. Mir war schwindelig, doch das ist jetzt auch besser. Ich schwöre, ich liege nicht im Sterben und muss nicht ins Krankenhaus. Doch wenn du das Gefühl hast, dass ich Unsinn schwafle, dann sag das bitte, und wir gehen in die Notaufnahme. Ich habe zwei Kinder, um die ich mich kümmern muss, und muss für sie da sein, darum werde ich nicht auf stur schalten, wenn du sagst, ich sollte mich besser untersuchen lassen." Es war die Wahrheit. Ihre Kinder hatten Vorrangstellung.

Und sie musste auf sich aufpassen, wenn sie sich um sie kümmern wollte.

Beth sah sie an. „Ich denke, dein Kopf ist klar. Du bist noch ziemlich blass und deine Augen wirken angestrengt, aber ich denke, das sind die Kopfschmerzen. Doch einen dringenden Grund, warum ich dich von Brice in seinen Truck laden und dich in die Notaufnahme fahren lassen sollte, sehe ich jetzt nicht."

„Okay, gut. Dann ruhe ich mich jetzt einfach noch ein bisschen aus, aber ihr zwei könnt gehen, ich bin okay."

„Oh nein, das können wir nicht." Brice lehnte sich an den Türrahmen, die Arme vor der Brust verschränkt.

„Doch, das könnt ihr. Mir geht's gut." Sie starrte ihn finster an, wirkte jedoch lange nicht so nachdrücklich, wie sie es gerne gehabt hätte.

„Ruh du nur deine hübschen Augen aus und mach ein Nickerchen. Ich weck dich in zwei Stunden auf, um sicherzugehen, dass du okay bist. Dann lass ich dich in Ruhe."

Was war nur mit diesem Mann? Er fühlte sich verpflichtet und war entschlossen, sich um sie zu kümmern, ob sie es nun wollte oder nicht. Das jetzt dumpfe Pochen in ihrem Kopf erinnerte sie daran, dass er Recht hatte. *Was, wenn es wirklich eine Gehirnerschütterung war?*

„Ich muss ihm Recht geben, und meine Stimme zählt", fügte Beth hinzu. „Ich meine, ich weiß, dass wir uns gerade erst kennengelernt haben, und du wahrscheinlich denkst, dass wir uns furchtbar in deine Privatsphäre gedrängt haben, aber wir sind jetzt Nachbarn, und in deinem Zustand können wir es nicht riskieren, dich allein zu lassen. Lass uns zumindest nach dir sehen."

„Das weiß ich wirklich zu schätzen." Und vielleicht würden ein paar Stunden Schlaf ihr guttun. Vielleicht würde sie sich wieder normal fühlen – abgesehen von der Beule an ihrem Kopf. „Okay, wie ihr meint. Was wollt ihr machen, während ich schlafe?"

Beth lächelte. „Ich könnte ein paar Kekse für dich und deine Kinder backen. Wenn du alle Zutaten in der

Küche hast."

„Das kannst du bei dir zu Hause machen", sagte Brice. „Danke, dass du mir zur Hilfe geeilt bist – du weißt schon, dass du ihr geholfen hast, sich anzuziehen und so weiter, aber jetzt komme ich allein klar."

Tara war froh, dass Beth gekommen war und ihr mit den Kleidern geholfen hatte. Dass sie nur mit einem Badetuch bekleidet gewesen war hatte ihn genauso nervös gemacht wie sie. Sie dachte darüber nach und begriff, dass sie sich entspannt und ihr Kopf gleich nicht mehr so wehgetan hatte, nachdem sie sich angezogen hatte.

Er fuhr fort. „Doch ich bin schuld daran, darum werde ich zwei Stunden Wache halten. Ich geh nach draußen und sehe mir die Rohrleitungen an, um sicherzugehen, dass alles funktioniert, und dann gehe ich mir die Zäune ansehen. Glaub mir, ich finde schon was, womit ich mich beschäftigen kann. In zwei Stunden komme ich wieder zurück. Bis dahin mach einfach die Augen zu und versuch zu schlafen."

Sie starrte ihn an und spürte ein Gefühl der Wärme. Sie sollte wütend auf ihn sein. Wirklich, dieser

Typ versuchte, ihr Vorschriften zu machen, doch sie verstand, dass er es tat, weil er sich Sorgen machte und sich verantwortlich fühlte. Es war schon lange her, seit ein Mann sich um sie gesorgt hatte, darum war das ein ungewohntes Gefühl.

„Okay", seufzte sie. „Ich werde mich nicht streiten, aber sobald ich wach bin, gehst du nach Hause. Deal?"

„Vielleicht, es sei denn, du hast Pupillen wie Untertassen oder weißt nicht mehr, wie du heißt. Wenn irgendwas nicht normal ist, bleibe ich."

Sie lachte. „Du bist schon ein witziger Erpel. Das wird schon nicht passieren."

Er lachte mit. „Ich habe schon viele Namen gehabt. Mit vier Brüdern und einer Schwester muss man damit rechnen, aber als *Erpel* hat mich noch niemand bezeichnet."

„Gut, ich mag's gerne ein bisschen anders." Sie hatte auch noch nie jemanden als Erpel bezeichnet, und der attraktive Mann war ganz sicher alles andere als ein Erpel. Vielleicht lag es an Jeds Lieblingsbuch, in dem ein verlorener Erpel seine Familie fand. Und etwas an Brice und den Gefühlen, die er in ihr ausgelöst hatte mit dieser unerwarteten körperlichen Anziehung, ließ sie bewusst und unbewusst an ihre Familie denken … an das, was sie verloren hatte.

Beth berührte sie am Arm. „Ich seh dich morgen, wenn ich die Kekse vorbeibringe. Wann gehst du deine Kinder abholen?"

„Ich will früh losmachen. Ich treffe mich mit meiner Mom zum Mittag und dachte mir, ich kann mir ein paar Läden für Secondhandmöbel ansehen, wenn ich schon mal da bin."

Beths Augen strahlten. „Oh, gehst du auch zu Chip und Joannas Magnolia Market?"

„Vielleicht. Ich liebe diesen Laden, aber da sind auch ein paar kleine Geschäfte, die ich mir ansehen wollte."

Brice runzelte die Stirn. „Ich fahr dich, wenn du mich brauchst. Vielleicht solltest du…"

„Geh", seufzte sie. „Ich leg mich hin, und wenn ich aufwache, hast du nichts mehr mitzureden, was ich tue oder lasse. Oder ob ich mich gut fühle oder nicht. Okay?" Sie setzte einen finsteren Blick auf und ignorierte die irritierende Art und Weise, auf die seine Sorge um sie einen Pfeil in ihr gefrorenes Herz schoss.

„Schon gut, schon gut. Ich weiß schon, wenn ich nicht erwünscht bin. Und morgen lass ich dich und deine zerzausten Haare in Ruhe." Er lächelte und ging hinaus.

Sie griff in ihre noch klammen Haare und spürte, wie zerzaust sie waren. Sie brauchte keinen Spiegel, um zu wissen, dass sie furchtbar aussah. Eine Beule an der Stirn und einen Mop auf dem Kopf.

Beth kam auf sie zu. „So schlimm ist es nicht. Er wollte dich nur aufziehen. Hier ist meine Nummer. Ruf mich an, falls du irgendwas brauchst."

„Danke."

„Er ist eine Klasse für sich, aber das hast du ja sicher auch schon bemerkt. Gute Besserung. Und ruf an, wenn irgendwas ist. Ich meine ganz egal was. Ich wohne keine zehn Minuten weit weg."

„Danke, Beth. Hat mich wirklich gefreut, dich

kennenzulernen. Trotz Beule." Beide lachten, und Beth winkte noch einmal, bevor sie das Schlafzimmer verließ und die Tür hinter sich schloss.

Wow. Tara ließ sich wieder auf die Kissen sinken. Sie war müde, darum würde sie sich ausruhen. Die Ruhe war schön. Sie sollte sie genießen, denn ab morgen würde es hier um einiges lebhafter zugehen.

Ganz anders, als der Besuch heute… Heute, ja diesen Tag würde sie nicht noch einmal wiederholen wollen.

Doch als sie ihre Augen schloss und Brice' lächelndes Gesicht sie erwartete, musste sie zugeben, dass sich den Kopf zu stoßen viel unangenehmer hätte sein können, wenn irgendjemand anderes in ihr Bad geplatzt wäre.

Witzig … nein, ironisch. Sie war hergekommen, um ein neues Leben anzufangen, frei von Männersorgen. Doch wenn sie in Brice Presleys Augen blickte, sah sie da jede Menge Ärger.

Oh ja, das Leben ging seltsame Wege, das hatte schon ihr Großvater immer gesagt. Immer wieder warf es einem Stolperfallen in den Weg und brachte die besten Pläne durcheinander.

Vielleicht war das das Problem. Vielleicht war sie nur durcheinander von dem Schlag, und wenn sie aufwachte, würde dieser Cowboy, ihr neuer Nachbar, gar nicht mehr so reizvoll sein.

KAPITEL DREI

Brice ging den Bereich um das Haus ab, um Tara Zeit zu geben, sich auszuruhen. Vielleicht würde sie nicht schlafen, doch zumindest brauchte sie ein bisschen Ruhe, dann würde er noch einmal ihre Augen kontrollieren, bevor er nach Hause ging. Er wusste, dass sie frustriert seinetwegen war, doch wie Karla ihm gesagt hatte, war das egal, denn er musste sich versichern, dass sie nicht in Gefahr war. Er war sich allerdings fast sicher, dass sie okay war. Dennoch hätte er sich besser gefühlt, wenn sie zugestimmt hätte, zum Arzt zu gehen. Sturheit war nicht immer gut. Und er hatte jede Menge davon in Tara gesehen.

Die Sache war allerdings die: es hatte ihm gefallen. Sie hatte Biss. Er hatte jedoch auch den Anflug einer verletzlichen Seite gesehen, als Schatten der Vergangenheit über ihr Gesicht gehuscht waren, als sie erzählt hatte, dass sie verheiratet gewesen war. Dieser Tage waren Scheidungen so häufig, dass es traurig war. Und sie hatte Kinder. Er wusste nichts über den Hintergrund der Scheidung und musste es auch nicht wissen. Doch er hatte das Gefühl, dass sie alles tat, was in ihrer Macht stand, um es den Kindern leichter zu machen. Er bewunderte seine Freunde, dass sie ihre Differenzen beigelegt hatten – um der Kinder willen. Doch er hatte einige Fälle gesehen, wo entweder seine Kumpels oder deren Exfrauen so wütend gewesen waren, dass sie für eine Weile das große Ganze aus dem Blick verloren und die Kinder darunter gelitten hatten. Doch wer war er, sich ein Urteil zu bilden? Er war ja nicht in ihrer Lage gewesen.

Er blieb vor der Scheune stehen und sah sich um. Es war eine schöne kleine Ranch. Konnte ein paar

Modernisierungen gebrauchen. Frank Leonard hatte mit zunehmendem Alter die Instandhaltung ein bisschen schleifen lassen und sich nicht an der abblätternden Farbe und dem vom Winterregen angefressenen Sockelbereich der Scheune gestört. Und der Holzzaun, der die Auffahrt von der Straße zum Haus und den Garten säumte, hatte auch schon bessere Zeiten gesehen. Doch alles in allem war es ein gutes Anwesen.

Und das Haus hatte ihm schon immer gefallen. Es war ein ausreichend großes, traditionelles Ranchhaus, dessen First hoch genug war, um oben ein Spielzimmer unterzubringen. Er wusste von dem Spielzimmer, denn seine Brüder und er hatten ein paarmal mit Mr. Leonards Enkel James, der in ihrem Alter war und regelmäßig zu Besuch gekommen war, Billard dort oben gespielt. Hätte James Interesse an der Ranch gezeigt, gehörte sie jetzt ihm. Doch trotz aller Hoffnungen seines Großvaters war er ein Stadtmensch und hatte sich nie für das Landleben erwärmen können. Jetzt würde das Anwesen irgendwann verkauft werden. Das geschah oft, wenn die Kinder oder Enkel nicht die

Liebe ihrer Eltern oder Großeltern zum Landleben teilten und darum Interesse an dem Anwesen hatten. Mr. Leonard verstand das, und auch wenn er gehofft hatte, dass die Ranch in der Familie bleiben würde, hatte er sich langsam damit abgefunden. Brice hatte ihm gegenüber sein Interesse bekundet und hätte sich bereits eine Kaufoption sichern sollen. Doch Brice war sich noch nicht sicher, ob er bereit war, sich niederzulassen, darum hatte er darauf verzichtet. Jetzt, wo Tara hier war, nahm er an, dass Frank die Ranch erst einmal für eine Weile vermieten würde, um sich an den Gedanken zu gewöhnen, sie letztendlich zu verkaufen.

Doch Brice war niemand, der so schnell aufgab, darum nahm er sich vor, Frank am nächsten Tag anzurufen, damit er wusste, dass er bereit war, die Ranch zu kaufen oder zumindest eine Kaufoption zu erwerben, damit er sie kaufen konnte, wenn Frank soweit war. Nicht, dass er Tara und ihre Kinder rauswerfen wollte, doch er hielt es für eine gute Idee, seinen alten Nachbarn und Freund wissen zu lassen, dass er hier war und ein ernstzunehmendes

Kaufinteresse hatte.

Er liebte das Land, auf dem er aufgewachsen war. Er und alle seine Brüder liebten es, und sie hatten nicht vor, es je zu verkaufen. Doch Brice wollte sein eigenes Land, und dieses hier war genau das Fleckchen Erde, das er wollte.

Aber was war mit Tara und ihren Kindern? Es gab mehr als genug andere Häuser, die sie mieten konnten. Wenn er Mr. Leonard morgen anrief und ihn wissen ließ, wie ernst er es meinte, vielleicht konnte er den Deal dann eher früher als später abschließen, dann würden sie und die Kinder sich nicht zu sehr an das Haus gewöhnt haben. So wäre es leichter, wieder auszuziehen. Vielleicht konnten sie es noch für eine Weile nutzen, bis sie ein anderes Haus gefunden hatten, das besser zu ihnen passte.

Es war logisch, warum also störte ihn der Gedanke? Weil etwas ihm sagte, dass es nicht so einfach sein würde. Er sah sich die Stallungen an und nutzte den Rest der zwei Stunden, um sich auch die übrigen Nebengebäude der Ranch anzusehen. Als er schließlich zum Haus zurückkehrte, war er überrascht,

Tara auf der Hollywoodschaukel auf der Veranda zu sehen. Ihre Haare waren trocken und gekämmt, und trotz der Beule und des Blutergusses über ihrem Auge sah sie besser aus.

„Ich hatte nicht damit gerechnet, dich hier draußen zu sehen."

„Ich habe etwa eine Stunde geschlafen, und dann wollte ich ausprobieren, ob mir schwindelig ist, wenn ich aufstehe. Alles Bestens. Ich bin geheilt."

Er lehnte sich an die Brüstung. „Dann schmeißt du mich jetzt wohl raus."

Sie zuckte mit den Schultern. „Scheint so. Mir geht's gut, und ich bin mir sicher, dass du dich um anderes als um meinen Kram zu kümmern hast."

„Auf mich warten ein paar Pferde, die aus dem Stall und ein bisschen bewegt werden wollen."

„Das klingt nach Spaß."

„Ich hatte gerade anfangen wollen, als mein Dad sagte, dass Mr. Leonard angerufen und mich gebeten hat, rüberzufahren und dich zu Tode zu erschrecken."

Sie schmunzelte. „Das hast du. Ich bin nur dankbar für den Duschvorhang."

Jetzt konnte er darüber lachen. „Ich auch. Du hättest mich wahrscheinlich mit der Vorhangstange vertrieben, wenn du nicht den Duschvorhang um dich gewickelt hättest."

„Oh und ob. Du hast diesem Vorhang dein Leben zu verdanken."

Ihm gefiel, dass sie Sinn für Humor hatte. „Ich mach dann mal besser los. Ich habe dir meine Karte in der Küche gelassen, für den Fall, dass du irgendwas brauchst. Ich bezweifle zwar, dass du sie benutzen wirst, aber ich fühle mich nun einmal verantwortlich für all das, darum ist sie da. Ich hoffe, du brauchst sie nicht, aber für den Fall…"

„Beth hat mir auch ihre Nummer gegeben."

„Gut, dann weißt du ja, an wen du dich wenden kannst. Dann gehe ich jetzt und lasse dich wie versprochen in Ruhe."

Sis stand auf, und zu seiner Erleichterung sah sie nicht wackelig aus, als sie zum Rand der Veranda kam. „Mir geht's gut. Wirklich. Man sieht mir natürlich an, dass ich mich mit der Badewanne angelegt habe, doch davon abgesehen geht's mir gut. Geh, mach deine

Pferde glücklich und lass sie ein bisschen im Paddock laufen."

„Oh, du hörst dich an, als wärst du mit Pferden vertraut."

Sie verschränkte die Arme. „Ein bisschen. Genug, um anzunehmen, dass du sie im Paddock laufen lassen wirst."

„Ja, die meisten Leute würden nicht einmal das wissen. Hat mich nur überrascht, weil ich dich aus irgendeinem Grund für ein Stadtmädchen gehalten habe."

„Oh, Vorsicht, was du sagst", feixte sie. „Ich bin ein Mädchen vom Lande und stolz drauf."

Er tippte sich an den Hut. „Sorry, mein Fehler." Er lächelte und ging zu seinem Truck. Sie stand immer noch auf der Veranda, als er wegfuhr und einen letzten Blick in den Rückspiegel warf.

Selbst mit der Beule war sie eine Klassefrau.

Die jedoch womöglich zwischen ihm und dem Land, das er haben wollte, stand. Er hatte ein ungutes Gefühl, was das anging. „Stress dich nicht über ungelegte Eier", redete er sich zu. Er musste nur Mr.

Leonard anrufen und sein Angebot abgeben. Wenn nötig, würde er Tara helfen, eine neue Bleibe zu finden.

Jetzt musste er nur den Hörer in die Hand nehmen.

Tara blickte ihrem Nachbarn nach, die verschränkten Arme gegen ihren Bauch gepresst, um diese Unruhe zu vertreiben, die sich gegen Ende ihrer Unterhaltung mit Brice dort ausgebreitet hatte. Er sah gut aus, richtig gut. Sein Hemd hatte über seinen breiten Schultern gespannt, als er seine Arme verschränkt und sie gemustert hatte. Mit diesen Wahnsinnsaugen. Seine Augen sahen aus, als brannte eine Gasflamme in ihnen. Eine Flamme, die ihr Innerstes wärmte, wann immer er sie ansah.

Sie musste damit aufhören. Sie hatte gerade erst ihre Freiheit gewonnen. Und das Letzte, was sie jetzt wollte, war ein neuer Mann, der dauernd ihre Aufmerksamkeit in Anspruch nahm. Die Institution der Ehe war überbewertet, zumindest ihrer Meinung nach. Sie hatte den Fehler einmal gemacht. Jung und naiv hatte sie an Märchen und Happy Ends geglaubt und dass sie gemeinsam mit ihrem Märchenprinzen ein glückliches Leben leben würde.

Betonung auf gemeinsam. Ihr Exmann hatte sie eingewickelt und überredet, sie zu heiraten. Ohne Jed und Paige würde sie die Ehe als den Fehler ihres Lebens bezeichnen. Manchmal glaubte man, jemanden zu kennen, war jedoch zu naiv, den Ärger zu erkennen, selbst wenn er direkt vor der eigenen Nase wartete. Ihr Exmann war Alkoholiker gewesen – ein wandelndes Desaster, das den Alk brauchte, um charmant zu sein, nach ein paar mehr Drinks jedoch zu einem launischen Einzelgänger wurde, der sie und ihre Babys hasste. Es hatte nicht lange gedauert, bis er sein wahres Gesicht gezeigt hatte.

Nein, sie würde das Risiko nicht eingehen, noch einmal zu heiraten. Freiheit war zu … ja, *befreiend,* und die Kontrolle über sein eigenes Leben zu haben erst recht. Jetzt hatte sie die Kontrolle über ihr eigenes Leben und das ihrer Kinder. Und das hatte sie Gott zu verdanken. Ihre Mutter erinnerte sie immer daran und sie hatte Recht. Sie würde für Sein Eingreifen in einer furchtbaren Situation ewig dankbar sein. Er hatte es einmal getan, doch sie wollte Sein Wohlwollen nicht auf die Probe stellen.

Sie ging zurück ins Haus in Richtung der Schlafzimmer. Sie hatte viel zu tun. Ihr Kopf dröhnte immer noch, und ihre Energie war auch nicht wie sonst, doch sie konnte es schaffen. Dafür war sie dankbar.

Ihr Handy klingelte, als sie gerade in Jeds Zimmer war. Bisher stand da nur ein Bett, doch sie hoffte, morgen ein paar Sachen finden zu können, mit denen sie das Zimmer dekorieren konnte. Ihre Mutter und sie hatten bereits darüber gesprochen, und sie waren zu dem Schluss gekommen, dass es den Kindern helfen würde, sich schneller zu Hause zu fühlen, wenn sie selbst das eine oder andere aussuchten. Sie ging regelmäßig mit ihnen in Trödelgeschäfte, und beide waren begeistert, wenn sie irgendetwas Einzigartiges fanden. Jed hatte angefangen, es als Schatzjagden zu bezeichnen, als er noch ganz klein gewesen war, und Paige tat es auch.

Wenn ihr Kopf morgen noch so wehtun würde,

wäre das eine Enttäuschung. Sie war begeistert gewesen, als sie erfahren hatte, dass es in Ransom Creek einen Trödelladen gab, den sie erkunden konnten. Sie hatte ihn heute Morgen auf dem Weg hierher gesehen.

„Hey Mom, ist alles okay?"

„Alles okay, Tara, keine Sorge, den Kindern geht es gut. Sie sind in ihrem Zimmer und packen ihre Koffer. Sie freuen sich, dich zu sehen. Sie haben nicht gut geschlafen, ich denke, sie machen sich Sorgen."

„Ich weiß, ich hoffe, dass ein Neuanfang weg von Malcolm oder allen, die ihn vielleicht erwähnen könnten, helfen wird." Es war unerträglich, dass ihre Kinder jetzt Angst vor ihrem Vater hatten. Sie konnte es immer noch nicht fassen und gab sich immer noch die Schuld daran, dass ihr nicht früher bewusst geworden war, dass er gefährlich werden könnte. Oder dass er trinken und dann mit ihnen im Auto fahren würde.

„Ich hoffe, du hast Recht. Wie ist das Haus?"

„Wirklich toll. Es ist groß. Jede Menge Land, das er an die Nachbarn verpachtet hat. Zwei davon habe ich heute Nachmittag kennengelernt. Nette Leute. Der Ort ist beschaulich und cowboymäßig."

Ihre Mutter lachte. „Cowboymäßig? Was soll das denn heißen?"

„Genau das. Hier sieht man fast nur Pickup Trucks, SuperCabs, Silverados und Dodge Diesel. Die sind überall. Und als ich durch den Ort gefahren bin, habe ich unter all den Cowboys keine einzige Frau gesehen. Darum cowboymäßig."

„Verstehe. Vielleicht findest du ja auch einen Cowboy da draußen. Einen Mann, wie du ihn verdient hast."

„Mom, das haben wir doch schon bis zur Erschöpfung durchgekaut. Ich will das nicht mehr. Ich habe die Nase voll von Männern. Und jetzt lass uns das Thema wechseln. Ich muss dich auf was vorbereiten."

„Was? Ist was passiert?"

„Bitte reagier jetzt nicht über Ich bin in der Dusche ausgerutscht und hingefallen." Sie entschloss sich, ihr nicht zu erzählen, *warum* sie ausgerutscht war, sonst würde das Telefonat ewig dauern.

„Oh, Honey. Bist du okay?"

„Ja, mir geht's gut. Ich freue mich auf dich und die Kids. Kannst du sie ans Telefon holen? Ich vermisse sie."

„Auf dem Weg. Sie werden sich freuen, dich zu hören."

„Mom!", kreischte Jed, als er den Hörer in die Hand nahm.

Als sie Paige im Hintergrund sagen hörte, dass sie auch mit ihrer Mama reden wollte, schlug ihr Herz vor Liebe einen Purzelbaum. Ihre Kinder waren ihr Ein und Alles, und sie war so dankbar für jeden Moment, den sie hatte. Ja, sie war dankbar … sie beinahe zu verlieren hatte ihr furchtbare Angst eingejagt und sie gelehrt, jeden Moment mit ihnen zu genießen.

„Ich liebe dich, Jed. Und jetzt lass Paige auch mal ans Telefon."

„Ich dich auch. Hey, Paige, sag Hallo zu Mama", sagte er. Er war ein wirklich guter großer Bruder.

„Mom, ich will dich jetzt wirklich bald sehen", sagte Paige ohne Umschweife.

Sie war ein süßes Ding, forderte jedoch ein, was ihr zustand. Und darüber hinaus war sie für ihr Alter viel zu unabhängig. Tara setzte sich auf das Bett und seufzte. „Ich vermisse dich auch, Süße. Und dich auch, Jed. Ich kann es nicht erwarten, euch wiederzusehen. Ich mache gerade eure Betten. Ihr werdet das neue Haus lieben."

Die nächsten fünfzehn Minuten lauschte sie ihren begeisterten Berichten, und ihr Herz schmolz. Solange sie ihre Babys hatte, war ihr Leben vollkommen.

KAPITEL VIER

„Whoa." Brice hielt die Zügel des Mustangs fest. Es war eines der Wildpferde, die sie aufgenommen hatten und darauf vorbereiteten, versteigert zu werden. Da sie zur Rettung der Tiere beitragen wollten, nutzten er und seine Brüder ihre Freizeit, um die Pferde zuzureiten. Dieser Junghengst, ein hübsches, kastanienbraunes Tier mit einem ausgeprägten Dickkopf, weigerte sich, seine wilde, freie Herkunft loszulassen. Doch das würde er schon noch tun. Leider war der einzige Weg, sie am Leben zu erhalten, sie für andere Rancher nutzbar zu machen.

Der Zweijährige gewöhnte sich immer noch an den Sattel auf seinem Rücken, doch mit Geduld würden sie ihr Ziel erreichen. Brice wollte die Tiere nicht brechen, sondern sie lediglich zu guten Ranchpferden machen, die man zum Viehtreiben verwenden konnte. Alle auf der Ranch hatten einen Job zu erledigen – und das galt auch für die Pferde.

Die Sonne brannte an diesem Nachmittag, auch wenn der September schon weit fortgeschritten war. Die Jahreszeiten in Texas hatten ihren eigenen Kopf, und manchmal dauerte der Sommer noch weit bis in den Herbst an. Das könnte einen harten Winter bedeuten, doch eines war sicher – er würde kurz sein, und das war etwas, das er an seinem Bundesstaat liebte. Ob er nun mild war oder eiskalt, der Winter war immer kurz. Doch morgen würde eine Kaltfront in die Gegend ziehen und der Wärme ein Ende setzen. Er mochte es. Wie alles Unvorhersehbare. Wilde Mustangs, das Wetter, und sofort wanderten seine Gedanken zu seiner neuen Nachbarin. Er mochte Tara Quinns Unberechenbarkeit. Er hatte an sie denken müssen, seit er sie verlassen hatte, und es fiel ihm schwer, nicht rüber zu reiten und nach ihr zu sehen. Oder sich Sorgen zu machen, wenn sie zwei Stunden fuhr, um ihre Kinder abzuholen.

Doch sie hatte ziemlich deutlich klargemacht, dass sie nicht wollte, dass er sich einmischte. Darum würde er sich raushalten.

„Hey", rief sein Bruder Shane, der gerade aus der Scheune kam. „Wir haben ein Problem. Cooper hat gerade angerufen. Wir haben einen Grasbrand in der Nähe der Heuscheune auf der Südweide."

Brice schwang sich aus dem Sattel und eilte zum Tor. Anstatt das Tor zu öffnen, kletterte er über den Zaun und rannte los, kaum dass er auf der anderen Seite angekommen war. Shane hatte bereits den Motor angelassen, als er die Beifahrertür aufriss und ins Auto sprang.

Ein Grasbrand in Zeiten einer Quasi-Dürre wie sie sie diesen Sommer gehabt hatten, war alles andere als gut. Dass der Brand ihre Heuscheune, in der gut ein Drittel ihrer Wintervorräte gelagert war, bedrohte, war schlecht.

„Wissen die anderen Bescheid?"

„Cooper hat Dad und allen Ranchhelfern Bescheid gegeben, während Drake die Feuerwehr angerufen hat."

Shane schoss mit dem Truck, einem Wassertanker, den sie immer befüllt bereitstehen hatten, um Feuer schnell unter Kontrolle zu bekommen und der Feuerwehr zu helfen, die Straße hinunter. Mit dem Tanker hatten sie schon so manches Feuer gelöscht, das leicht außer Kontrolle hätte geraten können, bis die Feuerwehr endlich eintraf.

Als sie am ersten Tor ankamen, sprang Brice aus dem Truck und öffnete es, damit Shane hindurchfahren konnte. Anstatt wieder einzusteigen, sprang er aufs Trittbrett und hielt sich am offenen Fenster fest, um Zeit zu sparen. Als das nächste Tor in Sicht kam, sprang er ab, sobald Shane abbremste, und öffnete schnell das Tor. Drei weitere Tore folgten, als sie tiefer auf das Land der Ranch vordrangen. Bald sahen sie Rauch, der zum klaren blauen Himmel aufstieg.

Brice rief in den Truck: „Das sieht nicht gut aus."

Mit grimmiger Miene nickte sein Bruder. „Gar nicht gut. Da sind Pferde auf der Weide."

„Ja, bring mich zum Tor."

„Halt dich fest", rief Shane und trat aufs Gas. Innerhalb von Sekunden waren sie am Tor und konnten das Feuer sehen, das sich auf der Weide ausgebreitete hatte. Cooper und Drake waren schon mit mehreren Ranchhelfern beschäftigt, mit Hilfe ihrer Lederchaps das Feuer auszuklopfen, um es daran zu hindern, der Heuscheune näher zu kommen. Drake saß auf seinem Pferd und rief den anderen zu, in welcher Richtung sie ihre Bemühungen konzentrieren sollten. Als er sie sah, kam er zu ihnen hinüber galoppiert.

„Fangt hier an und flutet den Bereich. Die Feuerwehr ist unterwegs. Wir müssen es nur von der Scheune fernhalten, bis sie kommen."

„Alles klar", nickte Shane.

„Wo ist Dad?", fragte Brice, während er um den Truck herum eilte und die Wasserzufuhr zur Sprühapparatur am hinteren Ende aufdrehte.

„Er ist da drüben mit den anderen und klopft die Flammen aus." Damit gab Drake seinem Pferd die Sporen und lenkte es wieder in Richtung des Feuers.

Alle anderen Tiere standen dicht an den Zaun vor

der Scheune gedrängt. Sie würden bald das offene Tor finden und auf die angrenzende Weide fliehen, doch Brice weigerte sich zuzulassen, dass sie viel von dieser Weide verloren. Während das Wasser bereits aus der Sprühapparatur spritzte, löste er einen Schlauch vom Tank und öffnete das Ventil, bevor er auf den Tank kletterte und aufs Dach klopfte. „Los, los, los."

Shane hatte nur auf sein Signal gewartet und fuhr los in Richtung Feuer. Alle anderen wichen zurück und ließen ihn passieren. Zum Glück hatte das Vieh das Gras kurz gefressen, darum war es nicht schwer, es bis zum Boden zu befeuchten.

Brice sah eine andere Gruppe von Cowboys, die auf der anderen Seite des Brandes die Flammen bekämpfte. Ein paar Männer schlugen darauf ein, während andere angefangen hatten, einen Graben zu ziehen, um das Ausbreiten des Feuers zu verhindern. Er entdeckte seinen Vater, der genauso hart arbeitete wie die jüngeren Männer. Er stand ihnen in nichts nach. Groß, muskulös und zäh von all den Jahren, die er bereits dieses Land bewirtschaftete, hätte niemand, der ihn sah, geahnt, dass er vor nicht einmal zwei

Jahren einen Herzinfarkt gehabt hatte. Mit Schrecken sah Brice von seiner erhöhten Position auf dem Truck, dass das Feuer sich viel schneller durch das Gras fraß, als die Männer es ausklopfen konnten.

„Bring mich da rüber, Shane. Wir müssen ihnen helfen, sonst werden sie noch vom Feuer eingekesselt."

Shane hörte ihn und fuhr direkt auf die fünf Männer zu. Es war heiß, und der Schweiß tropfte von ihren erschöpften Gesichtern. Sein Vater blickte grimmig drein, als er zurückwich, da er wusste, dass sie ohne Wasser den Kampf verlieren würden.

Wo blieb nur die Feuerwehr?

„Steig ein", rief Brice, als Shane abbremste und die Flammen mit Hilfe der Sprüheinrichtung löschte.

Die vier Cowboys eilten zum Tanker und kletterten auf die Ladefläche unterhalb des Tanks, während sein Dad auf der Beifahrerseite einstieg.

„Festhalten!", rief Shane Brice zu, der sich mit einer Hand am Tank festklammerte, während er mit der anderen den Schlauch auf die Flammen richtete.

„Der Wind hat gegen uns gearbeitet", rief Dude Bracewell, ein erfahrener Viehtreiber, der in seiner

Karriere schon jede Menge Grasbrände gesehen hatte.

„Wenn wir nicht bald Sirenen hören, können wir es nicht aufhalten." Brice blickte in Richtung Scheune und sah, dass das Feuer wieder in diese Richtung kroch. „Wir müssen zurück zur Scheune, Shane. Wir müssen zumindest versuchen, sie zu verteidigen. Die Feuerwehr soll sich um die andere Seite kümmern. Oder es endet am Bach."

Shane lenkte den Truck bereits zurück über die holprige Weide auf die anderen Ranchhelfer zu, die versuchten, das Feuer mit ihren Chaps unter Kontrolle zu halten.

Brice zielte mit dem Schlauch auf die Scheune. Er war sich dabei durchaus bewusst, dass der Boden drum herum durchfeuchtet sein musste, falls sie sich auch nur die geringste Hoffnung machen wollten, das Feuer aufzuhalten. Die vier Männer waren vom Truck gesprungen und halfen den anderen. Heu war teuer dieser Tage, und im Winter welches kaufen zu müssen, konnte den geringen Profit, den sie das Jahr über gemacht hatten, auffressen. Sie brauchten Hilfe. Die Flammen waren überall, niedrig im trockenen Gras, und hinterließen schwarze Erde, wo sie sich über die Weide fraßen und ihnen bereits den Fluchtweg durch das Tor abgeschnitten hatten.

Dann endlich hörte er Sirenen. Eine Welle der Erleichterung schwappte durch ihn hindurch, als er sich umdrehte und zwei Löschtanker sah, dicht gefolgt von einem Strom von Pickup-Trucks. Die Gemeinde war gekommen, um zu helfen.

Er liebte diesen Ort. Diese Gemeinde. Sie hielt zusammen und sprang ein, wenn ein Nachbar Hilfe brauchte.

Es war drei Uhr am Nachmittag, als Tara ihren Truck vor dem Haus anhielt, begleitet von den begeisterten Bemerkungen ihrer Kinder auf der Rückbank. Sie zog den Schlüssel ab und drehte sich lächelnd zu ihnen um. Sie hatte immer noch Kopfschmerzen, doch es ging ihr schon etwas besser. Die Kinder hatten geschockt reagiert, als sie die hässliche Beule an ihrer Schläfe gesehen hatten, doch sie hatten sich schnell wieder beruhigt. Nachdem sie im Restaurant dauernd angestarrt worden war und sogar die Kinder die Blicke bemerkt hatten, hatte sie ihrer Mutter gesagt, dass sie heute auf das Einkaufen verzichten und direkt nach Hause fahren wollte. Wenn die Schwellung und der Bluterguss in ein paar Tagen verschwunden waren, würden sie in Ransom Creek einkaufen gehen.

„Das sieht toll aus, Mama, hier kann ich Fahrradfahren." Jed hatte sich bereits abgeschnallt und öffnete die Tür.

„Ich auch!" Page schnallte sich ab und starrte das Haus an. „Ich mag ein braunes Haus."

Tara schmunzelte. Paige mochte die Farbe Braun nicht, darum war es tröstend, dass sie die braune Zedernholzverkleidung des Ranchhauses mochte. „Na, da bin ich ja froh."

Paige kletterte aus ihrem Kindersitz und warf ihrer Mutter einen ernsten Blick zu. „Aber Bohnen sind immer noch widerlich."

Und *das* war der Grund, weswegen sie die Farbe Braun nicht mochte. Tara hatte immer wieder versucht, sie dazu zu bringen, Bohnen zu essen, und so war es gekommen, dass die Farbe Braun nun untrennbar mit der Beschreibung *widerlich* verbunden war.

„Ich verstehe." Tara lachte und stieg aus, um Paige beim Aussteigen zu helfen. Sofort rannte Paige zu Jed, der bei der Garage stand, wo sie heute Morgen ihre Fahrräder abgestellt hatte. Sie hatte gehofft, dass sie sich freuen würden, sie zu sehen, denn sie liebten ihre Fahrräder. Paige brauchte noch Stützräder, doch sie gab sich größte Mühe, mit ihrem Bruder mitzuhalten. Tara ging zur Tür und schloss auf. „Wollt ihr nicht eure Zimmer sehen, bevor ihr Fahrradfahren geht?"

Sofort kamen sie auf sie zu gerannt. Sie stieß die Tür auf, ließ sie vor sich eintreten und beobachtete, wie sie von Zimmer zu Zimmer rannten. Paige quietschte begeistert, als sie das Zimmer mit der rosafarbenen Tagesdecke und ein paar ihrer Lieblingsstofftiere auf dem Bett sah. Jed stieß ein *Wow, cool* aus, dann spähte er in den Flur und gab ihr ein Daumen hoch.

„Es ist so groß, Mama. Und es hat Bettwäsche mit Pferden drauf!" Sie ging zu seiner Tür. „Wir packen eure anderen Sachen später aus, und du kannst mir helfen, das Zimmer zu dekorieren."

„Ui schön! Können wir in den Schatzladen einkaufen gehen? Ich meine den im Ort, an dem wir vorhin vorbeigefahren sind?"

„Das können wir. Aber dafür lass meine Stirn erstmal ein bisschen weniger lila werden."

„Okay." Dann ging er zu den Kisten, die an der Wand aufgereiht standen, und fing an, sie zu öffnen.

Tara ging in Paiges Zimmer, wo sie sie glücklich summend mit ihren Stofftieren spielend auf dem Bett vorfand. Sie setzte sich zu ihr und umarmte sie. „Gefällt es dir?"

„Und wie! Ich hab dich vermisst, Mama." Sie warf ihre Arme um Taras Hals und drückte sie ein paar Sekunden lang ganz fest. Ihr kleines Mädchen wusste sehr wohl, wie man jemanden umarmte.

Tränen brannten in Taras Augen. Sie hätte ihre Kinder beinahe verloren. Es war so knapp gewesen. Es war hart gewesen, als sie entschieden hatte, dass sie einen Neuanfang in einem neuen Ort brauchten, weg von allen, die ihren Dad kannten und wussten, was er getan hatte.

„Ich hab dich auch vermisst, Sternchen. Aber ich war nur sechsmal Schlafen weg."

So verstand Paiges vierjähriger Verstand die Zeit.

„Ich weiß, aber ich hab dich trotzdem vermisst."

Tara küsste sie. „Und ich dich erst."

Sirenen heulten in der Ferne. Es wirkte so deplaziert in dem stillen Haus, dass selbst Paige aufhorchte. Es kam näher, und so, wie es sich anhörte, war es mehr als ein Fahrzeug.

„Mom, ist irgendwo ein Unfall passiert?" Jed kam aufgeschreckt ins Zimmer. Die Erinnerung an das Martinshorn war immer noch zu frisch in seinem Kopf. Er und Paige hatten die Sirenen gehört, als sie im Wagen gefangen waren und die Feuerwehrmänner sie mit Rettungsscheren aus dem Wrack des Fahrzeugs hatten befreien müssen, das ihr sturzbetrunkener Vater vor sechs Monaten in den Graben gefahren hatte. Auch wenn er immer noch Angst bekam, wenn er ein Martinshorn hörte, war Jed fasziniert von Löschzügen und Streifenwagen.

„Hört sich so an. Oder vielleicht brennt es irgendwo." Aus Sorge um ihre Nachbarn ging Tara zur

Haustür. Jed schob sich gerade rechtzeitig an ihr vorbei auf die Veranda, um zwei Löschzüge die Landstraße hinunter schießen zu sehen. Einer war ein Wassertanker, der andere ein gewöhnlicher Löschzug mit Leitern und Schläuchen. Sie fuhren zur Presley-Ranch.

„Schau dir die Feuerwehrautos an und all die Trucks!" Jed starrte den Pickup-Trucks und Autos hinterher, die der Feuerwehr folgten.

Taras Herz pochte. *Was war passiert?*

„Können wir auch hin, Mama? Vielleicht braucht uns jemand?" Jed blickte flehend zu ihr auf.

Weit entfernt sah sie grauen Rauch gen Himmel steigen. *Feuer.*

Jetzt, wo sie Beth und Brice kannte, konnte sie nicht wegbleiben. Nicht, dass sie mit zwei Kindern im Schlepptau viel tun konnte, doch sie waren ihre neuen Nachbarn, und sie wollte helfen.

„Steigt ein." Sie drehte sich um und nahm ihre Handtasche vom Tisch neben dem Eingang. Dann zog sie die Tür zu, machte sich jedoch nicht die Mühe abzuschließen. Jed kletterte bereits in den Truck. Sie hob Paige hoch und half ihr beim Anschnallen, bevor sie auf die Fahrerseite eilte und einstieg. Sie warf einen Blick in den Rückspiegel, um sich zu versichern, dass beide Kinder angeschnallt waren, dann ließ sie den Motor an.

Wenige Minuten später fuhren sie die Auffahrt der Presleys hinauf. Als das weiße Steinhaus in Sicht kam, war sie erleichtert zu sehen, dass es unversehrt war. Sie sah mehrere Scheunen und Ställe ein Stück weit vom Haus entfernt, abgetrennt durch einen großzügigen gekiesten Hof, auf dem mehrere Trucks und PKW parkten. Auch diese Gebäude waren unversehrt. In der Ferne sah sie jedoch Rauch hinter der Weide aufsteigen. *Ein Grasbrand vielleicht oder eine Scheune? Oder vielleicht ein anderes Haus auf dem Anwesen?*

„Leute, Mama!", rief Paige.

„Halt an! Da sind Leute auf der Veranda hinter dem Haus." Jed schnallte sich ab und wollte aussteigen.

Sie hielt neben einem Truck an, und sie stiegen aus. Tara sah eine Gruppe von Frauen, die Getränke und Essen auf Tischen auf der Veranda aufbauten. So, wie es aussah, schien es zur Versorgung der Feuerwehrleute zu sein. Sie entdeckte Beth und war erleichtert, jemanden zu sehen, den sie kannte.

„Bleibt ganz dicht bei mir." Sie nahm Paiges Hand als sie über den Hof gingen.

Als Beth Tara sah, strahlte sie und eilte auf sie zu. „Tara, wie schön, dass du deine Süßen abgeholt hast. Ich bin so froh, dass ihr wieder da seid."

Tara blieb stehen und sah sich um. „Ja, ich bin auch froh. Aber was ist los hier? Kann ich irgendwie helfen?" Bevor sie mehr sagen konnte, mischte sich Jed aufgeregt ein.

„Wir haben Feuerwehrautos und Trucks gesehen und sind ihnen gefolgt." Jed blickte mit großen Augen zu Beth auf.

Beths Miene wurde ernst. „Ja, da ist ein Grasbrand, der eine der Heuscheunen bedroht. Alle unsere Männer und Ranchhelfer sind draußen und haben es bekämpft, in der Hoffnung, es lange genug aufhalten zu können, bis die Feuerwehr kommt. Zum Glück sind sie ja jetzt da, darum glaube ich, dass alles gut wird. Wir bereiten Essen und Getränke für die Jungs vor. Wenn sie zurückkommen, dürften sie verschwitzt und müde und wahrscheinlich am Verhungern sein."

„Das tut mir so leid. Können wir irgendwie helfen?" Tara war froh, dass Hilfe eingetroffen war, und ihre Gedanken wanderten zu Brice. War er da draußen? Sie verstand, wie kostbar Heu für Rancher war, denn sie war in einer Gegend aufgewachsen, in der Viehzucht großgeschrieben wurde. Heu und Wasser waren unverzichtbar für das Überleben einer Ranch.

„Können wir beim Löschen helfen?", fragte Jed.

„Oh nein, Jed!", protestierte Paige mit Panik in der Stimme und packte den Arm ihres Bruders. „Du musst hierbleiben, dir darf nichts passieren."

Die Angst in Paiges Gesichtchen traf Tara ins Herz. „Schon gut, Paige. Er geht nicht zum Feuer. Mach dir da mal keine Sorgen." Sie strich mit der Hand über die weichen Haare ihres kleinen Mädchens und lächelte auf es herab. „Ihr seid hier sicher. Und jetzt lasst uns helfen, okay?" Paige entspannte sich und nickte. Tara sah Beth an, die die Kinder beobachtete. „Zeig uns einfach, wo wir mitanpacken können."

Beth lächelte herzlich. „Kommt, lasst mich euch erst einmal allen vorstellen." Sie gingen auf die Veranda, und alle Frauen lächelten sie erwartungsvoll an. Als sie die erschrockenen Blicke sah, erinnerte sie sich an die Beule an ihrer Stirn.

„Meine Damen, das ist unsere neue Nachbarin Tara Quinn mit ihren süßen Kindern. Tara ist gestern auf der Leonard Ranch angekommen und in der Dusche ausgerutscht, deswegen hat sie dieses attraktive Veilchen im Gesicht. Brice hat sie gerettet."

„Oh wirklich", bemerkte eine dunkelhaarige Frau mit Cowboyhut. Sie schmunzelte. „Brice, der Held."

Tara sah ein sofortiges Interesse, das nicht nur von ihr, sondern von allen Frauen ausging, einschließlich einer großen, blonden, älteren Frau. Sie wollte Beth daran erinnern, dass Brice überhaupt an dem, was passiert war, schuld gewesen war, doch dann kam sie zu dem Schluss, dass dies nicht die richtige Zeit zum Haarespalten war.

„Oh, ihr hättet ihn sehen sollen. Er ist fast

gestorben, als er die Beule an ihrem Kopf gesehen hat. Also bitte nicht starren. Tara ist hier, um zu helfen. Wenn ihr euch dann alle zwischendurch selbst vorstellen könnt, während wir das Essen für die Jungs fertig machen.“

Die große, blonde Frau kam zu ihr hinüber. „Ich bin Sally Ann. Ich schneide da drüben ein paar Wassermelonen, falls deine Kinder Lust haben, mir zu helfen? Ihr könnt auch davon essen, wenn ihr wollt.“

Jed blickte sehnsüchtig in die Ferne, dann seufzte er. „Wenn ich nicht beim Feuer helfen darf, dann helfe ich Ihnen eben bei den Wassermelonen.“

„Gute Einstellung. Ich brauche einen starken Helfer.“ Sally Ann tätschelte seine Schulter. „Und was ist mit dir, junge Dame? Bereit für eine Herausforderung?“

Paige nickte. „Oh ja, ich mag Wassermelonen.“

„Dann seid ihr genau die Hilfe, die ich brauche.“

„Danke“, sagte Tara, dankbar für Sally Anns Freundlichkeit. „Aber erst einmal solltet ihr euch die Hände waschen.“

„Guter Plan. Auf geht's, ihr beiden. Ich zeige

euch, wo ihr euch die Hände waschen könnt.“

Tara blickte ihnen nach, dann folgte sie Beth zu dem Tisch, wo die anderen Frauen standen.

„Hi, ich bin Jenna. Ich bin Shane Presleys Frau und Sally Ann hier ist meine Tante.“ Eine schöne, zierliche Blondine streckte ihr die Hand entgegen. „Wir freuen uns, dass du hier bist und natürlich, dass du gekommen bist, um zu helfen. Die Jungs sind da draußen, und ich bin gerade ein nervliches Wrack. Ich weiß, dass ihnen nichts passieren wird, sie passen aufeinander auf, aber trotzdem werde ich erst ruhiger sein, wenn das Feuer gelöscht ist und sie alle zum Essen hier sind.“

„Alles wird gut, Jenna“, sagte eine lebhafte Brünette. „Hi. Ich bin Maisy Love, Drake Presleys Verlobte. Und ich mache mir keine Sorgen, weil die Presleyjungs wissen, was sie tun, und sie sind viel zu stur, als dass sie sich von so einem Feuer kleinkriegen lassen würden.“

„Freut mich, euch kennenzulernen. Der einzige, den ich bis jetzt kennengelernt habe, ist Brice. Doch ja, er scheint mir ein bisschen stur zu sein.“ *Das war eine schamlose Untertreibung!*, dachte sie, als ihr einfiel, wie er gestern darauf bestanden hatte, dass sie sich ausruhte.

„Oh, wem sagst du das? Ich bin Trudy Presley, die Tante der Jungs, und, Gott, ja, können diese Jungs stur sein", sagte eine kleine, rundliche, ältere Dame mit strahlenden Augen. „Ich habe schon von deiner Beule gehört. Mein Brice mag dir ja geholfen haben, aber man platzt einfach nicht in das Badezimmer einer Dame herein. Das tut mir so leid. Ich habe ihn beim Frühstück gesehen, und er hat gesagt, dass es ihm furchtbar unangenehm ist. Also, nur damit du es weißt, der Junge würde nie jemandem ein Haar krümmen, und schon gar nicht einer Frau. Bist du sicher, dass es dir gut geht? Dieses Hühnerei an deiner Stirn sieht gar nicht gut aus."

„Jaja, ich bin okay. Und ich weiß, dass das nicht seine Absicht war. Er hatte nicht damit gerechnet, dass schon jemand im Haus war." Jetzt, wo sie ihren anfänglichen Ärger überwunden hatte und ihr bewusst war, dass alle sie anstarrten, als sie hörten, dass er ins Badezimmer geplatzt war, als sie unter der Dusche gestanden hatte, war es ihr ein bisschen peinlich. „Wenigstens war da der Duschvorhang, als er hereingeplatzt ist." Sie wurde rot, und alle kicherten. Ein dunkelhaariges Cowgirl mit verschmitzt blitzenden Augen streckte ihr die Hand entgegen. „Ich stelle mir gerade diese Szene vor. Du, Brice und ein Duschvorhang. Ich bin Lori Jensen. Meinem Mann Trip und mir gehört die Ranch ein Stück die Straße runter." Sie trug ein T-Shirt, Jeans und Stiefel, und fühlte sich offensichtlich auf einer Ranch zu Hause. „Bitte entschuldige den Staub. Ich war Reiten, als der Anruf kam. Trip ist bei den Jungs, um zu helfen. Sie müssen es löschen, sonst könnte es zur Bedrohung für uns alle werden."

Tara fühlte ihre Wangen brennen, doch sie spürte, dass die anderen ihr Gefeixe über den Zwischenfall mit Brice nicht böse meinten. „Es ist schön, euch alle kennenzulernen, aber lasst euch nicht von mir von der Arbeit abhalten. Ich hoffe, dass das Feuer bald gelöscht ist und dass eure Männer – alle Männer bald herkommen können. Aber jetzt sagt mir bitte, was ich tun kann?"

„Gertie vom Goodnight Café im Ort hat gerade ein paar Blechkuchen hergeschickt. Sie sind da drüben in dem Karton. Könntest du die bitte aufschneiden?“

„Cooper hat mir gerade eine SMS geschickt, dass sie es jetzt, wo die großen Trucks da sind, unter Kontrolle haben. Was für eine gute Nachricht.“

Erleichtert nickte Tara und lächelte. „Großartig.“ Sie nahm ein Messer vom Haufen auf dem Tisch und fing an, den ersten Kuchen zu schneiden. Da war noch ein zweiter im Karton, darum schnitt sie großzügige Portionen für die Männer, die sicher hungrig sein würden, wenn sie zurückkamen. Sie fragte sich, was Brice gerade tat.

„Schau, Mama, ich mache Melonenkugeln“, rief Paige begeistert. Sie stand auf einem Hocker mit einem Melonenschneider in der Hand.

„Das machst du prima, Honey“, rief sie. „Ich kann's gar nicht erwarten, eine zu probieren.“

„Die sind lecker. Ich hab schon gekostet.“

„Gut, Honey, dann mach mal schön weiter.“

Sie fing an, den zweiten Kuchen zu schneiden, und warf zwischendurch immer wieder einen Blick in die Richtung, in der sie den Rauch aufsteigen sah. Es sah aus, als wäre es schon weniger geworden. Das war gut. Sie schickte ein Stoßgebet für die Männer gen Himmel und eins für Brice gleich hinterher.

Er *hatte* ihr gestern geholfen, darum war es verständlich und nachvollziehbar, dass sie jetzt an ihn dachte.

Vollkommen nachvollziehbar.

KAPITEL FÜNF

Brice war erschöpft und derart schweißgebadet, dass jeder, der ihn ansah, glauben musste, dass er Schwimmen war, anstatt die letzten Stunden mit einem Wasserschlauch in der Hand verbracht zu haben. Sie hatten verhindert, dass die Scheune in Flammen aufgegangen war, und niemand war verletzt worden. Doch wenn die Feuerwehr nur ein paar Minuten später gekommen wäre, hätten sie wahrscheinlich die Scheune und das Heu verloren.

„Das war knapp", sagte er, als er zusammen mit ein paar anderen Cowboys auf dem Wassertruck zurück zum Haupthaus fuhren. Alle waren müde und hungrig, doch er wusste, dass die Frauen etwas zum Essen für sie vorbereitet hatten. Essen und Getränke waren das Mindeste, was sie tun konnten, um allen, die zur Hilfe geeilt waren, zu danken. Die Feuerwehr von Ransom Creek war eine Einheit von Freiwilligen. Seine Brüder und er selbst gehörten auch dazu und halfen, wann immer es nötig war. Doch heute waren sie es gewesen, die Hilfe gebraucht hatten, und er war dankbar dafür. Irgendwann würde er schon eine Gelegenheit bekommen, sich dafür zu revanchieren.

„Viel zu knapp", sagte Trip. „Der Wind hat auch nicht gerade geholfen."

„Ich weiß. Hätte aber viel schlimmer kommen können. Es ist einfach zu trocken. Und wenn es nicht bald anfängt zu regnen, werden wir das in nächster Zeit noch öfter erleben. Bleibt nur zu hoffen, dass wir keine großen Hurricanes bekommen, jetzt, wo die Hurricanesaison angefangen hat. So einen brauchen wir jetzt nicht auch noch."

„Oh ja, das hoffe ich auch. Aber Regen wäre nett."

Shane hielt den Truck an seinem angestammten

Platz neben dem Stall an.

Brice sprang von der Ladefläche und schloss sofort den Schlauch an, um den Tank wiederaufzufüllen. Für Notfallsituationen wie diese sorgten sie dafür, dass er immer voll war. Und sie parkten den Tank immer neben dem Stall, da die Pferde darin untergebracht waren – nur für den Fall der Fälle.

„Geht ihr doch schon rauf und fangt an zu essen. Ich komme gleich nach." Aus einem zweiten Hahn ließ er Wasser in seine Hände laufen und spritzte es sich ins Gesicht. Sein Dad stieg aus dem Truck aus und blieb neben ihm stehen.

„Du hast gute Arbeit da draußen geleistet. Ihr alle", sagte er zu Shane, Trip und Alto, dem Ranchhelfer, der mit ihnen gefahren war.

„Danke", nickte Shane, dann gingen sie zur Veranda.

Auch sein Dad machte sich auf den Weg, doch Brice rief: „Dad?"

Er drehte sich um.

„Du hast auch ganze Arbeit geleistet. Aber ich hab

mir Sorgen um dich gemacht. Du bist keine dreißig mehr, und du hattest einen Herzinfarkt… Wie fühlst du dich?"

Sein Dad runzelte die Stirn. „Mir geht's gut. Und auch wenn ich keine dreißig oder vierzig mehr bin, bin ich noch lange nicht tot, mein Sohn."

Brice lachte nicht. „Nein, aber du hast dich ganz schön verausgabt." Sein Dad hatte eine Weile furchtbar erschöpft ausgesehen. Zwischenzeitlich war die Farbe in sein Gesicht zurückgekehrt, doch Brice hatte gar nicht gefallen, was er gesehen hatte.

„Mir geht's gut. Wirklich. Hör auf, dir Sorgen zu machen, Brice. Ich hatte einen Herzinfarkt, ja, aber ich weigere mich, mein Leben in Angst zu leben. Das solltest du auch nicht tun."

„Ich versteh schon. Aber wir wollen dich so lange wie möglich bei uns haben. Du hast ein Enkelkind auf dem Weg, und da kommen sicher noch mehr nach. Du musst für sie auf dich aufpassen."

Marcus lächelte. „Das tue ich ja. Aber verlang nicht von mir, nicht um die Ranch zu kämpfen, das ist nicht fair."

„Das habe ich ja auch nicht."

„Hat sich aber so angehört, und du weißt selbst, dass du es so gemeint hast."

Er hatte es so gemeint, doch er wusste, dass es sinnlos war. „Hast ja Recht." Gemeinsam mit seinem Vater ging er zum Haus.

„Danke, dass du dir Sorgen machst, aber du kannst wirklich damit aufhören. Ich mache mir Sorgen, dass es demnächst noch öfter brennen könnte. Ich lasse morgen ein paar Jungs mit dem Traktor und der Fräse rausfahren, und den Boden zwischen den Scheunen und den Weiden umpflügen."

„Gute Idee. Auch wenn der Herbst nicht mehr weit ist, könnten wir noch ein paar heiße Wochen bekommen, darum ist Vorsicht besser als Nachsicht. Die anderen finden das sicher auch."

„Denke ich mir. Habe es ihnen aber noch nicht gesagt. Oh schau, sieht aus, als hätten Tante Trudy und die anderen Ladys ein Festmahl vorbereitet."

Brice schaute in Richtung Veranda und sah den langen Tisch voller Essen. Sein Blick blieb sofort an der hübschen Blonden mit dem blau-violetten Veilchen an der Stirn hängen. *Tara war gekommen, um zu helfen.*

Sein Puls machte einen Sprung, und sein Hals war trocken, auch wenn er gerade am Stall Wasser getrunken hatte. Bevor das Feuer ausgebrochen war, waren seine Gedanken immer wieder zu ihr gewandert. Er war froh, dass sie hier war, denn sie musste die Nacht gut überstanden haben.

„Die hübsche Blonde da oben – ist das die Frau, die du zu Tode erschreckt hast?", fragte sein Dad, als sie über die Wiese vor der Veranda gingen.

„Ja, das ist Tara. Ich stell sie dir gleich vor."

„Das Veilchen sieht ziemlich übel aus. Ich hoffe, du hast dich entschuldigt."

„Das weißt du doch. Ich hatte gestern ein furchtbar schlechtes Gewissen, und heute ist es nicht viel besser. Ich habe Karla angerufen und sie um Rat gebeten."

„Das hast du?", fragte sein Vater, dessen Stimme plötzlich anders klang. „Sie ist genau die Richtige für so was. Wie ... wie hat sie sich angehört?"

Brice blieb stehen und sah seinen Vater

eindringlich an. „Du musst sie anrufen. Ich weiß nicht, was da zwischen euch abläuft, aber ruf sie an."

„Vielleicht."

Brice gab auf. Sein Dad würde eh tun, was er tun wollte, wenn er soweit war. „Wie du meinst. Ist deine Entscheidung." Ihm gingen andere Dinge als das Liebesleben seines Vaters durch den Kopf, und er ging direkt zu Tara. Sie füllte rote Plastikbecher mit Eiswürfeln aus einer Kühltasche und stellte die Becher neben einen Krug mit Eistee. Als er sich ihr näherte, blickte sie auf.

„Hey, Tara, schön, dich zu sehen. Ich hoffe, es geht dir besser heute."

„Mir geht's gut, danke. Ich bin froh, dass ihr das Feuer löschen konntet. Ist das dein Dad?", fragte sie und wechselte geschickt das Thema.

„Das ist er. Marcus Presley, das ist Tara Quinn, unsere neue Nachbarin."

Sein Dad lächelte. „Ich würde Ihnen ja meine Hand anbieten, aber die ist wirklich schmutzig. Freut mich, Sie kennenzulernen. Darf ich erwähnen, dass es hier in der Gegend nicht üblich ist, neue Nachbarn derart zu erschrecken, dass sie k.o. gehen – und es ist auch nicht die Art meines Sohnes. Falls sie irgendetwas brauchen, wir sind für Sie und Ihre Familie da."

Sie sah ihn peinlich berührt an. „Danke. Die Beule wird schon bald Schnee von gestern sein, und dann vergessen alle meine etwas unglückliche erste Begegnung mit Brice hoffentlich bald. Ich bin ja auch nicht nachtragend. Und vielen Dank für Ihr Angebot. Ich fühle mich so viel sicherer zu wissen, dass ich in der Nähe Ihrer Familie lebe."

„Gut, das freut mich. Und ich bin dankbar, dass sie gekommen sind, um uns und allen, die uns heute zur Hilfe geeilt sind, zu unterstützen. Sie werden bald sehen, dass Ransom Creek voller guter Menschen ist. Doch wenn Sie mich jetzt bitte entschuldigen würden? Ich würde gerne reingehen, und mir wenigstens die Hände und das Gesicht waschen. Wenn ich wieder raus komme, kann ich Ihnen dann die Hand schütteln." Er zwinkerte ihr zu und lächelte.

„Ich freu mich. Hier, aber nehmen sie erstmal eins." Sie reichte ihm einen Becher mit Eiswasser, und er nahm ihn.

„Danke.“

„Gern geschehen.“ Als sein Dad gegangen war, reichte sie auch ihm einen Becher. „Möchtest du etwas trinken?“

Brice nahm den Becher und trat beiseite, damit sich die anderen auch bedienen konnte. „Ich traue mich nicht, näher zu kommen, da ich wahrscheinlich stinke wie das südliche Ende eines Skunks.“

„Ganz so schlimm ist es auch wieder nicht. Außerdem ist es verständlich.“

„Hi, ich bin Cooper, Beths Mann. Tut mir wirklich leid, was dir da passiert ist. Nicht wirklich die Begrüßung, die wir neuen Nachbarn angedeihen lassen. Bist du sicher, dass du dich nicht besser ausruhen solltest, nachdem du dir derart den Kopf gestoßen hast?“

„Ach was. Mir geht's gut. Ich höre mich schon an, wie eine kaputte Schallplatte. Freut mich, dich kennenzulernen, aber mach dir bitte keine Sorgen. Mir geht's wirklich gut. Möchtest du was trinken?“

„Gerne. Und ich bin froh, dass du okay bist. Da

drüben sind ein paar süße Kinder, die die Wassermelone belagern. Ich denke, ich lass mir mal ein Stück von ihnen geben."

„Das sind meine, und sie sind ganz begeistert davon, wie sie ihre neuen Nachbarn kennenlernen dürfen."

„Dann lass ich mir so viel Wassermelone von ihnen geben, wie sie mir abgeben wollen. Stolper nicht über Brice oder sowas – du brauchst nicht noch so ein Hühnerei am Kopf."

„Mein Bruder hält sich für einen Spaßvogel." Brice schüttelte den Kopf, als Cooper schmunzelnd davonging.

„Solange das Veilchen nicht weg ist, werde ich dieselbe Frage wohl noch öfter beantworten dürfen."

Sie klang ein bisschen frustriert, und er konnte es ihr nicht verdenken, doch dadurch tat ihm die Situation noch mehr leid. „Vielleicht kann ich ja für den Rest des Abends deinen Wingman spielen und jegliche Bemerkungen abwiegeln. Das ist das Mindeste, was ich tun kann. Ich verspreche dir auch, mich windabwärts zu halten, damit du dir nicht die Nase zuhalten musst."

Sie lachte. „Ich glaube, das wäre nett. Mit dem windabwärts Stehen – und das andere Angebot auch."

„Du hast Sinn für Humor, Miss Quinn."

Sie sah ihn überrascht an. „Wow, um ehrlich zu sein, ist es eine Weile her, seit sich mein Sinn für Humor zu Wort gemeldet hat. Vielleicht hat die Beule ihn ja zurückgebracht."

„Ich hoffe nicht, dass ein derartiger Schlag dazu nötig war. Vielleicht liegt es ja auch an meiner charmanten Gegenwart." Er zog eine Braue hoch.

„Das könnte wohl sein."

Sie sahen einander an, und Brice kam zu dem Schluss, dass er sie gerne ansah – mit oder ohne Veilchen. Er hatte sie gerne in seiner Nähe. Er sah eine hellwache Intelligenz in ihren blauen Augen und wollte mehr über sie erfahren.

„Ich wollte heute nach dir und den Kindern sehen, doch da ist leider das Feuer dazwischengekommen."

„Dafür bin ich ja hergekommen."

„Ja, das ist schön. Und das", sagte er und drehte sich um, da er seinen Bruder aus dem Augenwinkel gesehen hatte, „ist mein großer Bruder Drake", sagte er, gerade, als Drake vor ihnen stehenblieb.

„Freut mich, dich kennenzulernen", sagte Drake. „Ich hoffe, die Beule–"

„Hey, hat Dad dir von seinem Plan erzählt, morgen den Boden um die Scheunen umzupflügen?"

Drake hielt inne, offensichtlich unsicher, warum Brice ihn so abgewürgt hatte. „Nein, aber das ist eine gute Idee."

„Ich bin so froh, dass das Feuer die Scheune nicht erreicht hat", sagte Tara.

„Das sind wir alle. Danke, dass du gekommen bist, um zu helfen."

„Gerne doch."

„Ich nehme einen Eistee, dann bist du mich auch schon wieder los. Bis später, Brice."

Brice blickte ihm nach, sicher, dass sein Bruder ihn später mit Fragen bombardieren würde. „Das hat ihn jetzt verwirrt." Er sah Tara an.

„Ja, er hat mir fast leid getan. Danke, dass du hilfst, aber ich glaube, es ist besser, wenn ich die Fragen einfach beantworte. Zumindest bricht es das

Eis.“

„Was für ein Eisbrecher. Aber du hast Recht.“

Er mochte sie, und ihre Entscheidung, lieber die endlosen Fragen über ihre Beule über sich ergehen zu lassen, anstatt die Leute mit seinem abrupten Themenwechsel zu verwirren, gefiel ihm.

An diesem Abend musste Tara noch mehrmals versichern, dass es ihr gut ging, und kam zu dem Schluss, dass es wirklich ein effektiver Eisbrecher war. Sie entspannte sich und freute sich, als Brice ein paar Minuten, nachdem er sich entschuldigt hatte, zurückkam und ihr ins Ohr flüsterte, dass mit Drake alles geklärt war und er ihm erklärt hatte, dass sie nur versucht hatten, das Thema zu vermeiden.

„Er fand es amüsant, darum hat es ihm nichts ausgemacht“, sagte er.

Sein warmer Atem an ihrem Ohr war angenehm, überaus angenehm. „Gut“, sagte sie und versuchte, sich nichts anmerken zu lassen. „Ich werde mich bei ihm entschuldigen, sobald ich ihn wiedersehe.“ Sie sah ihn an. Ihre Gesichter waren einander nahe, so nahe. „Ich hätte dich nicht darum bitten sollen. Du bist süß.“

Als sie lächelte, sackte sein Magen in seine Kniekehlen.

„Ich glaube nicht, dass mich je jemand als süß bezeichnet hat. Aber danke. Das ist wahrscheinlich besser als Erpel." Er schmunzelte. „Doch ich muss dir sagen, dass mir gar nicht süß zumute ist, was dich angeht."

Seine Worte hingen in der Luft und nahmen ihr den Atem. „W-wie dann?"

„Ich würde dich gerne besser kennenlernen."

Der verführerische Gedanke zog sie ein und löste einen Streit zwischen ihrer praktischen und ihrer eher eingerosteten risikofreudigen Seite aus. Es hatte einmal eine Zeit gegeben, als es ihr Spaß gemacht hatte, Risiken einzugehen. Sie hätte sich auf der Stelle zurückziehen sollen. Doch sie konnte es nicht. Sie schluckte den Kloß in ihrem Hals herunter. „Ich bin nicht hier, um einen Mann besser kennenzulernen."

„Ist das deine Art, mir zu sagen, dass ich verschwinden soll?"

„N-nein. Ich meine. Jetzt ist nicht der richtige Zeitpunkt, um darüber zu reden."

„Dann lass uns später unter vier Augen darüber reden." Er zwinkerte ihr zu, dann ging er zu einer Gruppe von Feuerwehrmännern, die um den Tisch mit der Wassermelone herumstanden und Jed und Paige strahlen ließen. Sie beobachtete, wie der überaus selbstbewusste Cowboy ein Stück Wassermelone, das Paige ihm anbot, nahm. Er sagte etwas, und Paige lachte - und das reichte, um Taras Herz zu wärmen.

Brice war eine Gefahr für ihr Herz. Der Gedanke kam ihr so abrupt wie ein Regenguss in Texas. Und wusch über sie hinweg wie eine Springflut.

„Ein wirklich gutaussehender Cowboy, dieser Brice Presley."

Erschrocken drehte Tara sich zu Sally Ann um, die plötzlich neben ihr stand und sie anlächelte. Offensichtlich hatte sie gesehen, wie sie Brice angestarrt hatte.

„Ja, das ist er. Und er ist so nett zu meinen Kindern. Er hat Paige gerade zum Lächeln gebracht."

„Oh, daher dein verträumter Blick." Die weisen Augen der Trödelladenbesitzerin verrieten Tara, dass sie sie durchschaut hatte.

Tara neigte den Kopf und sah Sally Ann an. „Du bluffst. Du hast meinen Blick gar nicht sehen können."

Sally Ann lachte. „Ich weiß, aber ich habe Brice in dein Ohr flüstern sehen. Hat mir Hoffnung gemacht, dass ihr beiden euch vielleicht mögt."

Tara versuchte, nicht zu lächeln. „Jetzt sag nicht, dass du hier im Ort die Kupplerin vom Dienst bist?"

„Ich? Nein. Aber ich steh nunmal auf eine gute Romanze. Und Brice ist der begehrteste Junggeselle in Ransom Creek, wenn du mich fragst. Ein wirklich guter Mann."

„Das verstehe ich. Aber du solltest wissen, dass ich nicht auf dem Markt bin. Davon abgesehen, woher willst du wissen, dass ich zu ihm passen könnte?"

Sally Ann lachte. „Ich mag dich. Ich bin nur eine alte Romantikerin, die sich um ihren eigenen Kram kümmern sollte."

Tara lächelte. „Schon gut. Ich dachte nur, dass ich dich warnen sollte, bevor du dir zu große Hoffnungen machst. Ich muss ein Geschäft zum Laufen bringen und den Kindern helfen, sich einzugewöhnen und … muss mir über so vieles klarwerden. Da habe ich keine

Zeit, über potentielle Romanzen nachzudenken. Nur, damit du es weißt. Auch wenn es dich nicht wirklich etwas angeht." Ihr Lächeln wurde breiter. Sie sollte hart sein und eine dicke rote Linie um ihr Liebesleben ziehen, doch angesichts Sally Anns Ehrlichkeit konnte sie das nicht.

„Das verstehe ich. Ich freue mich trotzdem, dass du hier bist. Du solltest bei Gelegenheit mal bei mir im Laden vorbeischauen. Vielleicht findest du ja was für dein Haus. Doch selbst wenn nicht, musst du einfach vorbeischauen. Deine Kinder sind so süß und vielleicht gefallen ihnen ja die Schätze, die ich im Laden habe."

Dankbar für den Themenwechsel antwortete Tara sofort: „Das habe ich vor. Meine Kinder lieben Trödelläden über alles. Und danke, dass du so nett zu ihnen bist."

Sally Ann winkte ab. „Oh, Honey, du musst dich dafür nicht bei mir bedanken. Nett sein kostet nichts, und was wäre die Welt ohne ein bisschen Nettigkeit? Davon abgesehen liebe ich es, mit ihnen zu plaudern und sie lachen zu sehen. Ich hoffe, dass meine Jenna und Shane mir bald Enkelkinder schenken. Vielleicht hält mich das dann davon ab, meine Nase überall reinzustecken." Mit einem strahlenden Lächeln verabschiedete sie sich.

Tara lächelte. *Nett sein kostet nichts, und was wäre die Welt ohne ein bisschen Nettigkeit?* Das gefiel ihr. Sehr sogar. Und mit jedem Moment, der verstrich, mochte sie diese Gemeinde mehr. Doch auch, wenn sie ihr Interesse an Brice verneint hatte, konnte sie das angenehme Gefühl seines warmen Atems an ihrem Ohr und den plötzlichen Aufruhr in ihrem Bauch nicht leugnen.

Der begehrteste Cowboy. Oh ja, das hatte sie schon gewusst, bevor Sally Ann es ihr gesagt hatte. Brice hatte etwas an sich, das die Frauen wahrscheinlich in Scharen anzog.

Und wenn schon. Sie hatte kein Interesse.

Überhaupt keines.

KAPITEL SECHS

Am Tag nach dem Feuer saß Marcus an seinem Schreibtisch. Er hatte ein paar Männer losgeschickt, um um alle Heuscheunen herum die Erde umzupflügen, und war sich sicher, damit eine mögliche Katastrophe verhindert zu haben, bis das Wetter umschlug. Jetzt saß er nur da, starrte aus dem Fenster in Richtung der Schaukel, die der Lieblingsplatz seiner verstorbenen Frau gewesen war, besonders, wenn jemand, den sie liebte, neben ihr gesessen hatte.

Er seufzte. Er bekam dieser Tage einfach nichts gebacken. Zumindest nicht im Büro. Seine Gedanken schweiften immer wieder ab. Zumindest, wenn er mit den Jungs und seinen Söhnen auf der Weide arbeitete, lenkte die körperliche Aktivität ihn ab, doch wenn er im Büro saß, musste er dauernd an Karla denken. Er hatte sie über einen Monat nicht gesehen, und es machte ihn fertig.

Doch sie hatte gesagt, dass sie nicht mehr daten wollte, und er bemühte sich, ihrem Wunsch nachzukommen. Er überlegte immer wieder, was genau er falsch gemacht hatte, um Karla zu vergraulen. Der Gedanke, der ihn belastet und ihn zurückgehalten hatte, zeigte wieder einmal sein hässliches Gesicht: vielleicht hatte er sie falsch verstanden, und sie war nicht so verrückt nach ihm gewesen, wie er geglaubt hatte – vielleicht hatte sie ja schon einen anderen.

Dieser Gedanke war es, der ihn davon abgehalten hatte, sich wie ein Erwachsener zu verhalten und zu Karla zu fahren, um noch einmal zu versuchen, ihre Beziehung zu retten.

Dann war da noch der andere Grund.

Die Schuldgefühle, weil er zugelassen hatte, dass er sich in eine andere Frau verliebt hatte. Eine andere

Frau als seine Eva.

Er seufzte und drehte den Kugelschreiber zwischen seinen Fingern, während er in Erinnerungen an Eva schwelgte. Er hatte sie von ganzem Herzen geliebt, und sie zu verlieren, hatte ihn beinahe kaputt gemacht. Wenn seine Kinder nicht gewesen wären, hätte er Evas Tod wahrscheinlich nicht lange überlebt. Doch er hatte die Jungen gehabt und seine neugeborene Tochter, und Evas süße Stimme in seinem Kopf, die ihn ermahnt hatte, dass sie ihn brauchten. Und er hatte sie gebraucht. An diese Zeit zu denken trieb ihm immer noch die Tränen in die Augen. Er blinzelte. Sein Herz schmerzte, und einen Moment lang ließ er die Trauer zu, die er auch nach all den Jahren noch empfand. Liebe kannte kein Ende, und Trauer auch nicht.

Er hatte sich so daran gewöhnt, sie in seinem Herzen zu tragen anstatt auf seinem Gesicht, wo jeder sie sehen konnte. Und er war zurechtgekommen. Doch die Trauer war immer noch da. Durch all die Jahre der Einsamkeit hindurch hatte der Schmerz nie nachgelassen.

Als Karla in sein Leben getreten war, war er schwach gewesen und gerade dem Tod von der Schippe gesprungen. Das hatte ihm Zeit zum Nachdenken gegeben. Schlagfertig und energisch wie sie war, hatte Karla ihn ins Leben zurückgeholt, als sie als seine Krankenschwester das erste Mal das Zimmer betreten hatte. Und ehe er sich's versah, hatte er sie auf ein Date eingeladen. Und er war glücklich gewesen mit Karla.

Es hatte sich gut angefühlt, wieder jemanden in seinem Leben zu haben und für ihn war alles bestens gewesen.

Bis ihm bewusst geworden war, dass er sich in sie verliebt hate.

Er fuhr sich mit der Hand durchs Haar. Sie zu lieben hatte alles verkompliziert.

Er seufzte. Er musste weiterarbeiten. Er zwang sich, das Zuchtbuch anzusehen. Er musste neue Kälbchen aufnehmen und Verkäufe ausbuchen. Er hatte wirklich keine Zeit, hier herumzusitzen und an Karla zu denken.

Plötzlich hatte er wieder dieses Engegefühl in der

Brust. Er hatte es seit gestern während des Feuers immer wieder gespürt. Er rieb sich die Brust, holte ein paarmal tief Luft und wartete. Ein paar Sekunden später ließ das Gefühl nach.

Er trank einen Schluck Eiswasser, dann stellte er das Glas wieder ab und machte sich an die Arbeit.

„Gut, Honey", rief Tara, als sie Jed dabei beobachtete, wie er sein Fahrrad in der gekiesten Auffahrt zum Stehen brachte. Sein Lächeln wärmte ihr das Herz an diesem wunderschönen milden Nachmittag.

„Hast du das gesehen?", fragte er. „Langsam kann ich es besser."

„Oh ja, gut gemacht", rief sie und beobachtete seine kleine Schwester, die ihm mit ihrem pinkfarbenen Fahrrad mit Stützrädern die lange Auffahrt hinunter hinterher radelte. Sie liebten das neue Haus und den großen Hof, der ihnen Freiheit gab, herumzustreifen und Fahrrad zu fahren. Und sie liebten ihre Pferde. Sie richtete sich auf, als sie den Pferdetransporter in die Einfahrt einbiegen sah.

„Hey, kommt her, hier kommen die Pferde!" Sie eilte auf sie zu, während die beiden ganz schnell in die Pedale traten.

„Schlafmütze ist hier! Er ist hier!", quietschte Paige glücklich.

Jed hielt mit spritzendem Kies neben ihr an. „Ich hab die Pferde so vermisst, Mom. Und ich bekomme eins, nicht wahr, Mom?"

Sie streichelte seine Wange, und ihr Herz schmolz. Er hatte eine unruhige Nacht gehabt, und sie hatte ein paarmal in sein Zimmer gehen müssen, weil er geweint hatte. Er war aufgewacht und hatte sich panisch umgesehen, doch sobald ihm bewusst geworden war, dass sie ihn gehalten hatte und er nicht in seinem Sitzgurt hing mit Rettungsscheren, die neben ihm kreischten, hatte er sie fest an sich gedrückt und war wieder eingeschlafen. Doch die Nächte waren schon so viel besser als direkt nach dem Unfall. Er war ein kleiner Kämpfer, und sie war ein bisschen stolz darauf, da er das von ihr hatte.

„Ja, wir schauen uns um, sobald wir uns hier eingelebt haben. Und jetzt räumt die Fahrräder in die

Garage und haltet euch von dem Truck fern."

Sie ging über den Hof zum Stall, die Schritte federnd, angetrieben von der Freude, ihre Pferde endlich bei sich zu haben. Seit der Scheidung hatte sie sie bei einer Freundin unterbringen müssen, während sie mit den Kindern bei ihrer Mutter untergeschlüpft war. Sie hatte schon den ganzen Morgen gewartet. Am Tag zuvor auf der Presley Ranch hatte sie die Pferde auf der Weide grasen sehen und hatte die Ankunft ihrer Pferde kaum mehr erwarten können.

Nächste Woche würden die anderen Lieferungen sie auf Trab halten. Sie hoffte, dass sie ihre Wassertherapieanlage für Pferde binnen eines Monats offiziell eröffnen konnte. Diese Ranch mit ihren weitläufigen Stallungen war der perfekte Ort dafür.

„Hi", sagte sie, als der Fahrer die Tür öffnete.

„Hallo. So, wie Sie lächeln, muss ich am richtigen Ort sein." Der Mann mittleren Alters sprang freundlich lächelnd aus dem Führerhaus.

„Oh, und ob Sie das sind." Sie strahlte ihn an und blickte ihm nach, als er zum hinteren Ende des Gespanns ging. Es war ein Transporter, der darauf ausgelegt war, Pferde über lange Strecken zu transportieren, und sie konnte die Pferde durch die kleinen Fenster in der Seite des langen silbernen Trailers sehen. Sie folgte dem Mann und wartete, während er die Tür öffnete.

„Ich lade sie aus, dann können Sie den Papierkram unterschreiben, und schon sind Sie mich wieder los.

„Vielen Dank." Er ging in den Trailer und kam kurze Zeit später mit dem ersten Pferd heraus. „Jellybean", sagte sie glücklich. Jellybean war eine schöne zweijährige Stute gewesen, begierig zu lernen, als ihr Vater sie ihr mitgebracht hatte. Sie war ihre beste Freundin, seit sie zwölf Jahre alt gewesen war. „Na, wie geht's dir, altes Mädchen?"

Jellybean nickte und schmiegte ihren Kopf liebevoll an Taras Wange, während Tara den seidigen Hals des Pferdes streichelte. Wieder kam der Fahrer heraus, diesmal mit einem kleinen Pony mit buschiger Mähne und zottigem Schwanz, der fast bis zum Boden hing.

„Schlafmütze!", rief sie und sah ihre Tochter begeistert auf und ab hüpfen. „Schön, dich zu sehen, kleiner Mann. Komm her. Da wartet eine süße kleine Maus darauf, dich zu umarmen."

Sie nahm beide Tiere bei den Zügeln und führte sie in Richtung Stall.

„Warten Sie, Miss. Sie müssen noch unterschreiben."

„Oh ja, Tschuldigung. Wartet, Kinder – ich komme gleich." Sie nahm das Tablet, das er ihr entgegenhielt, und unterschrieb. „Bitte sehr. Sie haben uns gerade den Tag versüßt, nein, das Jahr. Danke."

Er lächelte. „Das freut mich."

Sie führte die Pferde über den Hof zu den wartenden Kindern. Jed stürmte zu Jellybean, während Paige ihre Arme um den Hals des Shetland Ponys schlang.

„Ich hab dich so vermisst, Schlafmütze. Hast du mich auch vermisst?" Als das Pony einen weinerlichen Laut ausstieß, kicherte Paige.

„Ich glaube, sie freuen sich, uns zu sehen", bemerkte Jed.

„Das glaube ich auch. Lass sie uns ein bisschen rumführen, bevor wir sie in ihren neuen Stall bringen.

Jed, pass auf, dass deine Schwester neben dir bleibt."

„Mach ich."

„Denn ich will nicht versehentlich einen Tritt gegen den Kopf abbekommen." Paige blickte ernst zu Tara auf. „Stimmt's, Mama?"

Tara lächelte und zerzauste ihre Haare. „Vollkommen richtig, mein Stern. Jellybean würde dir nie absichtlich wehtun, doch man weiß nie, wann sie sich vielleicht erschreckt oder nervös wird."

„Ganz genau, Jed." Paige sah ihren Bruder wissend an und verdrehte die Augen.

„Ich weiß, Paige", sagte er ungeduldig. „Halt einfach Schlafmützes Zügel fest und geh neben mir her."

Als sie einen Truck in der Auffahrt hörte, drehte Tara sich um. Der Truck sah aus wie der, den Brice gefahren hatte. „Führt sie einfach hier im Kreis herum", sagte sie und beobachtete die Kinder einen Moment lang.

Sie hob die Hände über ihre Augen und blickte in Richtung des nahenden Trucks. Er bremste ab und blieb schließlich stehen. Ihr Magen begann zu flattern, als sie Brice am Steuer sitzen sah.

Ihr Mund wurde trocken, als er ausstieg. Dieser Cowboy war so ziemlich der sexieste Mann, den sie je gesehen hatte. Er hatte einfach etwas an sich, das eine Wirkung auf sie hatte, wie sie noch kein Mann auf sie gehabt hatte. Ihr Herz pochte im Rhythmus seiner Sporen, als er mit fragendem Blick auf sie zu kam.

Er blieb vor ihr stehen, schob seinen Hut ein Stück aus der Stirn und betrachtete sie. „Du bist ein Cowgirl?"

Er sah so geschockt aus, dass sie lachen musste. „Ähm, ist das denn so schlecht? Ich hab dir doch gesagt, dass ich ein Landkind bin." So, wie er sie ansah, war sie sich nicht sicher, was er dachte.

Brice starrte in Taras hübsche Augen und versuchte, nicht wieder etwas Dummes zu sagen. „Oh ja, hast du. Aber ich hatte mir keine Pferdefrau in Stiefeln vorgestellt. Und, nein, da ist gar nichts schlecht dran."

Es war Brice nie in den Sinn gekommen, dass Tara ein Cowgirl sein könnte, doch da war sie. Sie trug ein paar ausgewaschene Westernjeans und Stiefel, die abgewetzt genug waren, um zu wissen, dass sie sich in einem Paddock zu Hause fühlten. An den Absätzen hatten Sporen ihre Spuren hinterlassen, und die Säume ihrer Jeans hatten sich dort, wo sonst die Sporen waren, in Fetzen aufgelöst. Die kurzärmelige karierte Bluse, die ihre Kurven betonte, hatte Westernnähte und Perlmutt-Druckknöpfe. Nachdem er sie erst mit einem Duschvorhang und dann mit einem Sommerkleid bekleidet gesehen hatte, war ihm nicht in den Sinn gekommen, dass seine neue Nachbarin das Anwesen gemietet haben könnte, weil sie es für ihre Pferde brauchte.

Das repräsentierte ein ganz neues Problem für das, worüber er mit ihr reden wollte.

„Hat dir nie jemand gesagt, dass es unhöflich ist, eine Lady anzustarren?" Sie stemmte eine Hand in die Hüfte – eine überaus wohlgeformte Hüfte, die ihn einen Moment lang aus dem Konzept brachte.

„Sorry. Es ist nur … weißt du…" Er beugte sich vor und flüsterte: „Erst hast du einen Duschvorhang angehabt, dann ein Sommerkleid."

„Gestern hab ich Hosen getragen."

„Ja, aber ich habe dich einfach nicht als Pferdefrau gesehen. Daran muss ich mich erstmal gewöhnen. Bist du auf einer Ranch aufgewachsen?", fragte er neugierig.

„Nein, auf einem kleinen Fünf-Morgen-Anwesen mit einem Stall mit Platz für meine Jahrmarkttiere und ein paar Pferde. Ich bin in einem Paddock und auf den Ranches von Freunden geritten. Mein Dad ist Banker, doch er hat mir ein Pferd geschenkt, als ich ihn um eines gebeten habe. Von da an ist es immer mehr geworden."

Ihre Augen glitzerten glücklich. Schöne Augen, die seinen Blick magisch anzogen. „Also dann nehme ich mal an, dass ich das Bild, das ich mir von dir gemacht habe, anpassen muss."

Sie lachte. „Du hast nicht geglaubt, dass ich habe, was man braucht, um eine Pferdefrau zu sein – oder ein Cowgirl."

Er schnitt eine Grimasse. „Ranchfrauen haben kein Problem damit, zu schwitzen und sich schmutzig zu machen. Ich konnte mir dich einfach nicht so vorstellen…" Er verstummte, als sie langsam die Stirn runzelte. „Da habe ich mich wohl getäuscht."

„Hast du wohl. Ich liebe es, mit Tieren zu arbeiten. Und das habe ich hier vor. Ich biete einen Platz and für Leute, die ihr Pferd unterstellen wollen oder einen Platz brauchen, um sie zu reiten. Oder wenn jemand vorübergehend eine Box braucht. Und diese Woche bekomme ich mein Pferdespa geliefert, dann werde ich Behandlungen anbieten. Ich bin nicht sicher, ob eines eurer Pferde das braucht, aber wenn du ein gutes Wort für mich bei deinen Freunden oder deiner Familie einlegen könntest, wäre das wirklich schön."

Das war nicht, was er sich vorgestellt hatte. Er fühlte sich gar nicht wohl.

„Mama!", rief Paige. „Kann ich Schlafmütze seinen Stall zeigen? Ich glaube, er will ein Nickerchen machen."

„Ich muss die Pferde in ihre Boxen bringen."

„Du hast nur die zwei hier? Der Transporter ist mir auf dem Weg hierher begegnet."

„Ja, nur die zwei. Die Stute habe ich als Teenager bekommen. Sie ist nicht mehr die Jüngste, aber wir lieben sie. Und das Shetland Pony gehört Paige. Wir hatten ein paar mehr, aber wir mussten sie letztes Jahr verkaufen, als ich einen Stall für sie mieten musste. Es war einfach zu teuer. Jetzt biete ich selbst Mietboxen an… und ich will anfangen, mich nach einem Pferd für Jed umzusehen, doch mehr eigene gibt es nicht. Tut mir leid, ich muss sie jetzt wirklich in den Stall bringen."

„Ich komme mit."

„Klar, gerne." Sie ging auf den Stall zu. „Hier geht's lang, Kinder." Sie winkte ihren Kindern zu, und sie führten die Pferde in ihre Richtung.

Sie betrat den großzügigen Stall und ging den breiten Mittelgang des langen Gebäudes hinunter.

Er blieb neben ihr stehen, als sie eine der Boxen öffnete. Sie hatte bereits frisches Heu ausgebreitet und Wasser in die Tränke gefüllt. Er griff nach dem Tor. „Ich halte das."

„Danke." Ihre Blicke begegneten sich kurz, bevor sie sich auf Paige konzentrierte, die stolz ihr Pony zu ihrer Mom führte.

„Er ist langsam. Aber er versucht dauernd, meinen

Pferdeschwanz zu fressen. Ich glaube, er hat Hunger."

Das neugierige Pony knabberte an ihrem Pferdeschwanz, als wollte es demonstrieren, was Paige beschrieben hatte. Sie zog empört die Schultern hoch und runzelte die Stirn. „Siehst du? Er macht es schon wieder."

Brice lachte. „Er ist ein neugieriger Junge, so wie du ein neugieriges Mädchen bist. Vor nicht allzu langer Zeit hast du auch alles in den Mund gesteckt, was du gefunden hast. Selbst, wenn du es von der Straße aufgehoben hast."

Paige sah sie geschockt an. „Das ist *widerlich*."

Wieder musste er lachen. Große Worte aus ihrem Kindermund waren einfach amüsant. Sie warf ihm einen entrüsteten Blick zu. „Es ist nicht nett, über jemanden zu lachen."

Er holte tief Luft und verkniff sich das Lachen. „Ich lache nicht über dich."

„Doch, das tust du." Sie durchbohrte ihn mit Blicken.

Er trat unbehaglich von einem Fuß auf den anderen und sah Tara an. Sie biss sich auf die Lippe und konnte kaum das Lachen unterdrücken, das er in ihren Augen sah.

„Mr. Presley hat nicht über dich gelacht. Er hat gelacht, weil du ein erwachsenes Wort benutzt hast."

„Oh", strahlte sie glücklich. „Ich mag erwachsene Worte, ich kenne nur noch nicht so viele davon."

„Oh, du kennst schon eine Menge. Und jetzt komm her und lass uns Schlafmütze striegeln." Sie nahm einen Striegel aus dem Eimer in der Ecke und half ihrer Tochter, das Pony zu verwöhnen.

„Wenn du willst, kann ich ihr helfen oder Jed."

Jed wartete ein wenig ungeduldig, und Brice hatte die Grimasse gesehen, die er in Richtung seiner Mom geschnitten hatte.

„Okay, wenn du sie im Auge behalten könntest, während sie Schlafmütze striegelt, damit sie keinen Unsinn macht", sagte sie aus dem Mundwinkel, als sie an ihm vorbeiging. „Lass uns Jellybean hier neben Schlafmütze unterbringen, damit sie einander Gesellschaft leisten können." Sie öffnete die nächste Box und ließ Jed die alte Stute hineinführen. Brice ging in die andere Box und ging neben Paige in die

Hocke. „Das machst du wirklich gut. Dein Pony entspannt sich, während du den Staub abbürstest. So gewöhnt er sich ganz schnell an sein neues Zuhause."

„Ich striegle ihn gerne. Aber ich mag es nicht, wenn Mama meine Haare bürstet."

„Du hast aber auch eine Menge Haare. Ihm würde es sicher auch nicht gefallen, wenn du seinen Schwanz bürsten würdest, wenn die Haare verheddert sind. Dann ziept es, nicht wahr?"

„Ja. Manchmal weine ich dabei."

„Oh nein", sagte er, gerade, als Tara über die Wand zwischen den Boxen blickte.

„Ich mache das aber nicht mit Absicht. Sie ist ein sehr empfindsames Seelchen."

„Das bin ich. Deswegen mag ich meine Haare nicht gebürstet bekommen."

„Aber wenn du sie nicht bürstest und wenn du Schlafmützes Schwanz nicht bürstest, verheddern sich die Haare ganz schnell ganz arg, und dann muss deine Mama deine hübschen Haare abschneiden."

Paige starrte ihn mit großen Augen an. „Ich mag

es trotzdem nicht.“

Sie war eine harte Nuss, die Kleine.

Er blickte auf und begegnete Taras Blick. Sie zwinkerte ihm zu und schmunzelte. Auch er lächelte und verkniff sich ein Lachen. Das Letzte, was er wollte, war, dass Paige ihn wieder beschuldigte, über sie zu lachen.

Das süße Ding würde eines Tages eine großartige Anwältin abgeben, mit diesen durchdringenden Augen, die einen erwachsenen Mann in die Knie zwingen konnten. Er verlagerte das Gewicht und sah erst sie an, dann Tara, dann Jed in der anderen Box. Er war gekommen, um Tara zu erzählen, dass er Mr. Leonard angerufen und ein Angebot abgegeben hatte. Er hatte über das Angebot nachdenken wollen und gesagt, dass er vielleicht noch andere Angebote hätte. Brice hatte klargemacht, dass er bereit war, zu verhandeln, woraufhin der alte Mann ihm versichert hatte, dass er alles berücksichtigen und ihm seine Entscheidung mitteilen würde. Doch er hatte bereits gesagt, dass er nicht in Eile war und dass, wer auch immer die Ranch kaufen wollte, warten musste, bis er soweit war.

Bevor er aufgelegt hatte, hatte Mr. Leonard Brice gefragt, wie ihm seine neuen Nachbarn gefielen, und Brice hatte plötzlich ein furchtbar schlechtes Gewissen bekommen. Er hatte ihm gesagt, dass er Tara und ihre Kinder mochte. Der alte Mann war damit zufrieden gewesen und hatte Brice gebeten, ob er gelegentlich nach ihr sehen könnte, um sicherzugehen, dass es ihnen gut ging. Brice hatte eingewilligt, denn ein guter Nachbar tat so etwas. Der alte Mann hatte zugestimmt und einen Moment lang hatte Brice geglaubt, ein leises Lachen zu hören.

Als er aufgelegt hatte, hatte Brice immer noch ein schlechtes Gewissen gehabt, gerade so, als hätte er Tara hintergangen. Doch sie war nur die Mieterin und konnte schließlich auch ein anderes Haus mieten. Zumindest versuchte er sich das einzureden. Doch er hatte das Bedürfnis verspürt, herzukommen und ihr zu sagen, was er getan hatte und warum.

Doch das war gewesen, bevor ihm bewusst geworden war, dass seine neue Nachbarin ein Cowgirl war. Und dass sie und ihre Kinder Pferde hatten. Und Pläne.

Was sollte er jetzt nur tun?

Tara fand den Mann in der anderen Box faszinierend. Er ging wirklich süß mit Paige um, auch wenn offensichtlich war, dass er wenig Erfahrung mit Kindern hatte. Doch sie machte sich keine Sorgen, dass Paige ihn ganz schnell daran gewöhnen würde. Es machte Spaß, ihr dabei zuzusehen.

Vorhin hätte sie vor Lachen umfallen können, als sie sein Entsetzen gesehen hatte, weil er befürchtete, Paiges Gefühle verletzt zu haben. Dabei war ihr bewusst geworden, dass sie dem Mann, der so nett zu ihr war, gerne dabei zusah, wenn er mit ihren Kindern interagierte.

Der Vater ihrer Kinder war leider nicht so nett gewesen, wenn er betrunken gewesen war, und die Kinder hatten nur wenige gute Erinnerungen an ihn. Jed hatte viele Erinnerungen – zu viele, fürchtete sie. Sie wünschte sich, er könnte darüber reden, doch bisher hatte er sich geweigert. Sobald sie versuchte, mit ihm über seinen Dad zu reden, machte er dicht – das war schon vor dem Unfall so gewesen, doch sie verstand es. Im Alter von knapp sieben Jahren musste Jed mit einer Menge fertigwerden. Er fühlte sich im Stich gelassen, ignoriert, zurückgewiesen … nur ein paar der Dinge, die auch sie empfand, wenn sie an ihren Exmann dachte. Jed hatte es schon vor der Scheidung gespürt und danach noch viel mehr. Sie wusste nicht, wie sie zu ihm durchdringen sollte, und vermied das Thema weitestgehend. Das half, für den Moment den Stress zu vermeiden, vor allem in der Eingewöhnungsphase, doch auf lange Sicht würde er den Schmerz nur tiefer vergraben. Sie würde sich damit befassen müssen, und zwar bald.

Doch erst einmal musste sie ihnen helfen, sich einzugewöhnen. Mit den weniger schönen Aspekten ihres Lebens würden sie sich später befassen.

KAPITEL SIEBEN

Als sie mit dem Striegeln der Pferde fertig waren, verließen Brice, Tara und die Kinder den Stall. Sein Blick wanderte über Taras Figur in ihren engen Jeans. Mit selbstbewusstem Gang hielt sie Jed und Paige an den Händen. Sie unterhielt sich mit ihnen darüber, dass sie die Pferde nach der langen Fahrt ausruhen lassen mussten. Später würden sie mehr als genug Zeit haben, sie zu reiten.

Wieder rührte sich sein schlechtes Gewissen. Er musste ihr von dem Angebot erzählen.

Doch plötzlich fühlte er sich wie ein Eindringling

in ihrer Welt. Als sie sich der Veranda näherten, zögerte er. Was sollte er tun – mit ihnen ins Haus gehen? Er blieb stehen, starrte seine staubigen Stiefel an und kämpfte mit sich, ob er es ihr erzählen oder verschwinden sollte.

„Brice."

Als er Taras Stimme hörte, blickte er auf und schluckte, als er sah, wie sie ihn mit in die Hüften gestemmten Händen ansah, keck und sexy. „Ja?", hustete er. Die Kinder waren schon ins Haus gegangen, darum waren sie allein. Sein Herz pochte in seinen Ohren.

„Mir ist gerade bewusst geworden, dass du vielleicht einen Grund hattest, heute vorbeizukommen. Wir waren so beschäftigt mit uns selbst, dass ich gar nicht gefragt habe, was ich für dich tun kann."

„Was du für mich tun kannst?", murmelte er, den Blick auf ihre Lippen gerichtet. Die Versuchung, sie zu küssen, traf ihn plötzlich und mit voller Wucht. *Was zum…?* „Ich, ähm, ich wollte eigentlich mit dir über etwas reden, aber es kann warten. Du bist beschäftigt."

„Nein, schon gut. Die Kinder wollten sich einen Snack aus der Küche holen und ihre Lieblingssendung ansehen. Wenn du was besprechen willst, ist jetzt eine gute Zeit."

Sein Magen rebellierte. „Okay. Also." Er räusperte sich und trat von einem Fuß auf den anderen. Es gab keinen Weg drum herum, er musste es einfach sagen. Er rieb sich den Nacken und suchte nach Worten. „Ich … ich habe gestern Abend ein Angebot für die Ranch abgegeben…" Er verstummte, als er ihre geschockte Miene sah.

„Was?"

„Ich habe es schon eine Weile vorgehabt und bin nur nicht dazu gekommen. Bitte nimm es nicht persönlich. Ich weiß, dass es hier in der Gegend noch ein paar andere Ranches gibt, die zur Vermietung stehen…"

Sie war entsetzt. „Aber … ich will diese Ranch. Ich habe einen Plan und dieses Anwesen ist am besten dafür geeignet. Ich habe einen Mietvertrag." Sie sah verletzt aus, doch dann wurde ihr Blick hart. „Er hat das Angebot nicht angenommen, oder? Ich habe einen Vertrag mit ihm." Wütend stakste sie auf ihn zu. „Hat er, oder hat er nicht? Denn das ist einfach falsch."

Was hatte er erwartet – dass sie glücklich sein würde? „Schau, bitte sei nicht wütend. Und nein, er hat gesagt, dass er noch ein anderes Angebot hat, über das er nachdenken muss."

„*Was?* Aber er hat *mir* die Ranch verpachtet. Er kann sie mir nicht einfach unter dem Hintern weg verkaufen! Ich … ich habe Pläne. Meine Kinder –" Sie schüttelte den Kopf, fuhr sich mit der Hand durchs Haar und sah ihn finster an. „Ich habe diese Ranch für sie ausgesucht. Für mein Geschäft. Darum erzähl mir nicht, dass es nichts Persönliches ist. Für mich ist es sogar sehr persönlich."

Das war schlimmer, als er erwartet hatte. Sie war nicht nur wütend, sie war verzweifelt. Brice überkam der Impuls, sie in den Arm zu nehmen und ihr zu versichern, dass Mr. Leonard die Ranch nicht verkaufen würde, solange sie sie mietete. Doch das war genau das, was Brice wollte … Sie würde sich nicht von ihm trösten lassen, darum versuchte er, es ihr zu erklären.

„Schau, ich hatte schon lange vor, diese Ranch zu kaufen, falls sie je auf den Markt kommen würde. Doch Mr. Leonard wollte noch nicht verkaufen, und ich war noch nicht so weit, zu kaufen. Doch dass sie an unsere Familienranch angrenzt, macht sie ideal für mich. Das ist der Grund, weswegen ich sie will."

Sie holte scharf Luft. „Und was du willst ist wichtiger als was ich will? Siehst du es etwa so? Eines kann ich dir versichern, ich werde das nicht kampflos hinnehmen. Ich bin schon einmal wie ein Fußabstreifer behandelt worden, und ich habe nicht vor, das nochmal mit mir machen zu lassen." Sie machte auf dem Absatz kehrt und stürmte auf das Haus zu.

Sprachlos blickte er ihr nach. Sie war wirklich wütend. Bedauern machte sich in ihm breit, als er sie davonstürmen sah. Damit hatte er wirklich nicht gerechnet.

Als sie die Tür hinter sich zuschlug, verzog er das

Gesicht und fühlte sich furchtbar. Unterste Kommodenschublade.

Er wollte ihr folgen und anklopfen, doch er blieb stehen.

Wenn er anklopfte, was dann?

Tara kochte vor Wut, als sie die Tür zuschlug. Ihre Hände zitterten, darum stemmte sie sie in ihre Hüften. Sie holte tief Luft, froh, dass der Windfang die Hintertür von der Küche abtrennte. Sie musste sich sammeln, bevor ihre Kinder sie sahen. Brice hatte ihr gerade den Boden unter den Füßen weggezogen. Und ihr Vermieter – würde er ihr die Ranch unter dem Hintern weg verkaufen? Sie musste sich ihren Mietvertrag ansehen. Ihre Kinder hatten so viel durchgemacht, und sie hatte Schuldgefühle, dass sie sie dem Verhalten ihres Vaters viel zu lange ausgesetzt hatte. Jetzt, wo sie gerade die letzten zwei Jahre wiedergutmachen wollte, indem sie ihnen die Stabilität gab, die sie verloren hatten, musste das passieren. Brice Presleys Lächeln mochte zwar so gewinnend sein wie er charmant war, doch offensichtlich war dieser Mann eine Schlange.

„Mama, warum siehst du so wütend aus?" Jed stand in der Tür.

„Man knallt Türen nicht so zu", ermahnte Paige sie und sah sie mit vorwurfsvollem Blick an.

Tara atmete tief durch. „Tut mir leid. Du hast Recht, Paige. Und Jed, ich bin nicht wütend, nur ein bisschen aufgeregt."

Er sah sie mit argwöhnischer Miene an. „Ein bisschen aufgeregt?"

Was in aller Welt sollte sie sagen, das nicht unweigerlich zu einer Unterhaltung führen würde, die sie nicht mit ihren Kindern haben wollte? „Ich hätte die Tür nicht zuknallen sollen. Habt ihr euch eure Snacks geholt?" Ein Themenwechsel erschien ihr der beste Weg, damit umzugehen. Der einfachste Weg. Sie war die Mutter und musste nicht jede Frage beantworten, die ihre Kinder stellten, wenn sie nicht der Meinung war, dass es konstruktiv für sie war. Und in diesem Moment wäre das eher destruktiv für sie.

„Ich hatte einen Apfel, aber kann ich einen

Brownie haben?", fragte Paige mit hoffnungsvoller Miene.

„Um die Ankunft der Pferde zu feiern können wir uns alle einen Brownie genehmigen."

Das lenkte Jed ab, und er ging ihnen voraus in die Küche. Tara hatte spät gestern Abend Brownies gebacken und nahm den Deckel vom Behälter. Sie legte drei Brownies auf Papierservietten, während die Kinder auf die Barhocker kletterten und warteten. Sie machte sich Sorgen, doch als sie den Kindern ihre Brownies gab, entschloss sie sich, die Ranch nicht kampflos aufzugeben.

Sie musste sich den Vertrag ansehen, doch erst einmal brauchten ihre Kinder sie. „Jed, wenn wir anfangen, uns nach einem Pferd umzusehen, welche Farbe würde dir am besten gefallen?", fragte sie, da sie wusste, dass das ein gutes Gesprächsthema war, um ihn von seiner Sorge, dass sie wegen irgendetwas wütend war, abzulenken.

„Gelbbraun", sagte er, und dann erklärte er, warum er ein gelbbraunes Pferd wollte.

Seine Augen leuchteten. Ihn und Paige begeistert

und glücklich zu sehen war die Motivation für alles, was sie tat. Es gab ihr die Kraft, einen Tag nach dem anderen zu überstehen.

Und Brice Presley würde ihr das nicht nehmen.

„Wir haben einen Ausreißer", rief Shane am nächsten Morgen über die Herde hinweg. Es war ein kühler Morgen, und sie trieben das Vieh von einer Weide auf eine andere.

Brice machte sich nicht die Mühe zu antworten, sondern gab seinem Pferd die Sporen und folgte dem Ausreißer. Er ritt eines der neuen Pferde, die sie zuritten, und der kleine Mustang folgte dem Kalb mit Begeisterung. Er genoss es, ihm im vollen Galopp folgen zu können. Auch Brice genoss es, denn er brauchte die Energie, die vom Pferd auf ihn übersprang. Besonders, da er sich ziemlich mies gefühlt hatte, seit er gestern Taras Hof verlassen hatte. Er war immer stolz darauf gewesen, dass er einer der Guten war. Doch in diesem Moment fühlte er sich wie Staatsfeind Nummer 1.

Sein Hengst überholte das Kalb und zwang es, kehrt zu machen. Das Kalb stolperte, versuchte auszuweichen, doch im nächsten Moment stürmte es zurück zur Herde. Der Mustang folgte ihm, bereit, dem Kalb den Weg abzuschneiden, falls es versuchen sollte, erneut auszubrechen.

Als das Kalb wieder bei der Herde war, lenkte Brice den Hengst zu Cooper. Shane gab ihm ein Daumen hoch von der anderen Seite der Herde.

Cooper grinste. „Der Junge hat Pep. Ich habe das Gefühl, er liebt seinen Job."

Brice beugte sich vor und tätschelte den Hals des Pferdes. „Ja, würde ich auch sagen. Gut gemacht, Junge."

„Kommt es mir nur so vor, oder bist du heute abgelenkt?"

„Ein bisschen." Er hatte seinen Brüdern noch nicht von seinen Plänen erzählt. Nicht, weil er nicht wollte, dass sie es wissen, sondern weil er das Thema einfach noch nicht angeschnitten hatte. „Ich habe gestern ein Angebot für die Leonard Ranch abgegeben."

Cooper sah ihn überrascht an. „Wow, du willst uns

verlassen?"

„Wohl kaum. Aber ich will mein eigenes Land, darum dachte ich, jetzt ist die beste Zeit, sich die Ranch zu schnappen. Wenn ich kein Angebot abgegeben hätte, würde jemand anderes kommen und sie mir vor der Nase wegschnappen. Und dann ist sie womöglich für die nächsten fünfzig Jahre vom Markt, oder sogar für immer."

„Wohl wahr. Aber er hat sie doch gerade erst vermietet."

„Ja, hat er. Aber es werden andauernd vermietete Anwesen verkauft. Darum habe ich es einfach versucht."

„Was hat er gesagt?"

„Dass er nicht in Eile ist. Er meinte, er hätte noch andere Angebote und wollte gründlich darüber nachdenken." Dann erzählte Brice seinem Bruder, was vorgefallen war, als er Tara davon erzählt hatte.

Cooper sah ihn gequält an, als er Taras Reaktion beschrieb. „Wow."

„Was, wow?", fragte Brice irritiert.

„Das hört sich nicht gut an. Besonders, nachdem

wir ihr versichert haben, dass wir ihr helfen würden, wenn sie irgendetwas braucht, als sie am Tag des Grasfeuers hier war. Wie sollen wir ihr in dieser Situation helfen? Du willst sie aus ihrem neuen Zuhause werfen."

Brice' Magen schlug einen Salto. „Das stimmt nicht. Ich habe ein Angebot abgegeben. Was soll ich machen, zusehen, wie irgendein Fremder kommt und mir die Ranch vor der Nase wegschnappt?"

Ja, es tat ihm leid, dass Tara und ihre Kinder die Ranch gemietet hatten, doch Miete war nichts Permanentes. Das wusste sie. Er jedoch wollte sein künftiges Zuhause kaufen. Ein Zuhause, in dem irgendwann seine künftige Frau einziehen würde. Wo er vielleicht selbst Kinder haben würde. Vielleicht. Doch für all das war er noch nicht bereit. Im Augenblick wollte er erst einmal eine Ranch, die allein ihm gehörte. Etwas, das er ganz allein aufbauen konnte, unabhängig vom Erbe seiner Großeltern und seines Vaters. Auch wenn er sich glücklich schätzte, das zu haben, wollte er mehr denn je etwas Eigenes aufbauen.

„Hey, reg dich ab. Ich verstehe, warum du die Ranch willst. Sie ist perfekt. Darum hatte ich das Anwesen von Beths Onkel kaufen wollen. Dann ist sie da eingezogen und, ja, der Rest ist Geschichte. Vielleicht solltest du sie einfach heiraten." Cooper grinste breit, dann lachte er, als Brice ihn fassungslos anstarrte. „Das war ein Witz. Aber sie ist Single, sieht gut aus, und die Möglichkeit besteht…"

Brice blickte finster drein. „Ich kann nicht fassen, dass du sowas sagst. Ich bin nicht der Typ Mann, der eine Frau heiraten würde, um zu bekommen, was sie hat. Das ist schofel."

„Was ist schofel?" Shane lenkte sein Pferd zu ihnen.

„Ich habe Cooper gesagt, dass ich ein Angebot für die Leonard Ranch abgegeben habe und hoffe, dass Mr. Leonard es annimmt. Unser Genie Cooper hier schlägt vor, dass ich die Mieterin heiraten soll."

„Das würde aber ein bisschen schnell gehen, findest du nicht?"

„Hey, war nur ein Witz. Aber es ist nun einmal Fakt, dass unser Bruder Tara und ihre Kinder auf die

Straße setzen wird, wenn Mr. Leonard sein Angebot annimmt. Ich versuche nur, ihm einen Weg zu zeigen, damit er nicht dasteht wie der letzte Schuft. Und glaub bloß nicht, dass ich nicht bemerkt habe, dass du nach dem Feuer die ganze Zeit bei ihr gestanden hast. Du weißt selbst, dass du Interesse an ihr hast."

Es zu leugnen wäre eine Lüge gewesen, darum sagte er nichts.

„Du hast tatsächlich interessiert ausgesehen", nickte Shane. „Das ist eine wirklich verzwickte Situation."

Cooper stimmte zu und brachte Shane auf den neusten Stand, was ihre Unterhaltung anging. Brice ritt zwischen ihnen und hörte zu, wie die beiden sein Liebesleben diskutierten, als wäre er nicht hier. Welches Liebesleben? Er ging nicht mit Tara aus und hatte ganz sicher nicht vor, sie zu heiraten, nur, damit sie nicht ausziehen musste. Das war lächerlich.

Wieder riss ein Kalb aus, und er zögerte nicht, sondern gab seinem Pferd die Sporen, um ihm zu folgen. Genau die Auszeit von seinen Brüdern, die er gebraucht hatte.

Tara heiraten. Ha! Dass er nicht lachte. Wenn sie ihre wütende Miene gesehen hätten und dabeigewesen wären, als sie die Tür hinter sich zugeschlagen hatte, würden sie nicht so dumm daher schwätzen. Von jetzt an konnte er sich glücklich schätzen, wenn sie ihn nicht wie Luft behandelte, von einer erwachsenen Konversation über seine Gründe, das Land zu kaufen, ganz zu schweigen.

Und so, wie sie ihn angesehen hatte, interessierte es sie sowieso nicht, warum er die Ranch wollte.

Doch als er das Kalb zur Herde zurücktrieb, wusste er, dass er es versuchen musste. Er musste noch einmal mit ihr reden.

KAPITEL ACHT

Am nächsten Morgen brachte Tara Jed zur Schule. Ransom Creek war nicht groß, was bedeutete, dass die Schule klein war. Es gab nur zwei Vorschulklassen und wahrscheinlich auch nur eine oder zwei Klassen pro Jahrgang. Als Tara an ihrem ersten Tag im Ort ins Sekretariat gegangen war, um ihn anzumelden, hatte die Schulleiterin ihr gesagt, dass dieses Jahr achtundsechzig Schüler ihren Abschluss an der Schule machen würden. Einer der größten Abschlussjahrgänge, die die Schule je gesehen hatte. Ja, genau diese Art Schule hatte Tara sich vorgestellt.

Als sie vor dem Gebäude anhielt, sah ihr kleiner Mister Unabhängig sie an und erklärte, dass er gut allein in die Schule gehen konnte.

„Ich weiß, das kannst du in Zukunft auch, aber heute ist dein erster Schultag, darum komme ich mit."

„Aber Mama…" Er sah sie gereizt an.

„Heute muss ich mich versichern, dass alles passt, und kurz Hallo zu deinen Lehrern sagen. Wartet, bis ich euch rauslasse."

Sie stieg aus und ging um den Truck herum auf den Gehsteig, um ihren Kindern die Tür zu öffnen. Jed sprang heraus und Paige folgte ihm.

„Und wann gehe ich in die Schule?" Sie ergriff Taras Hand, und sie folgten Jed in das beige gestrichene Gebäude aus Porenbeton.

„Nächstes Jahr, Honey. Mama darf dich noch ein ganzes Jahr zu Hause genießen."

„Das ist schön." Paige blickte bewundernd zu Tara auf.

Tara war fest entschlossen, ihren Plan zu einem Erfolg zu machen, damit sie das Jahr mit ihrem kleinen Mädchen zu Hause verbringen konnte. Wenn es ihr nicht gelang, würde sie sich einen Job suchen müssen, um die Rechnungen bezahlen zu können. Sie hatte nur einen gewissen Betrag gespart, sodass sie es sich nicht leisten konnte, ewig zu warten, bis das Pferdespa zu einem Erfolg wurde, außerdem würde die Geduld ihres Geschäftspartners auch nicht ewig anhalten. Sie musste es schaffen. Sie musste ihr Ende des Deals einhalten.

Ein paar Kinder betraten vor ihnen das Gebäude, und Tara freute sich zu sehen, dass die Schulleiterin sie an der Tür erwartete.

„Guten Morgen. Du musst Jed sein", sagte sie. „Ich bin deine Schulleiterin, Mrs. Casey. Wir freuen uns, dass du unsere Schule besuchst. Bist du schon aufgeregt?"

Jed blickte ernst zu ihr auf. „Das bin ich. Meine Mom bringt mich heute rein, aber ab morgen komme ich allein."

Mrs. Casey lächelte Jed an. „Das ist wirklich nett von dir, deiner Mama zu erlauben, dich heute zur Schule zu bringen. Weißt du, Müttern fällt es manchmal schwer, ihre kleinen Jungs loszulassen, darum war es wirklich lieb, dass du ihr diesen Moment erlaubst.“

Jeds Augen strahlten vor Stolz. „Ja, sie wird traurig sein, aber sie hat ja meine Schwester Paige, die ihr Gesellschaft leisten kann, solange ich nicht da bin.“

Mrs. Casey schmunzelte und blickte von Tara zu Paige. „Und du kommst nächstes Jahr zu uns, oder erst übernächstes?“

„Nächstes Jahr.“ Paige straffte ihre Schultern, um größer zu wirken.

„Ich war noch nicht bereit dafür, dass Jed schon zur Schule geht, doch an den Gedanken, dass Paige auch bald durch diese Türen gehen wird, muss ich mich erst noch gewöhnen.“

„Ja es ist nicht leicht, aber man gewöhnt sich dran. Wenn Sie ihn zu seinem Klassenzimmer bringen und seine Lehrerin kennenlernen möchten, können Sie das gerne tun. Oder Sie können ihn mir überlassen und einen Termin mit Miss Mooney ausmachen.“

Tara war hin- und hergerissen. Sie hatte sich schon letzte Woche mit der Lehrerin treffen wollen, war jedoch nicht dazu gekommen. Sie war einfach zu beschäftigt damit gewesen, sich den Kopf an der

Badewanne aufzuschlagen. Doch als sie Jed in diesem Moment ansah, spürte sie, dass er allein in seine Klasse gehen wollte, und sie wollte seine Unabhängigkeit fördern.

„Du kannst mitkommen." Jed ergriff plötzlich ihre Hand. „Ich weiß, es ist schwer für dich."

Oh, dieses Kind war voller Widersprüche. Er wollte unabhängig sein, doch gleichzeitig wollte er Aufmerksamkeit. Es schmerzte ihn so sehr, dass es ihm nicht gelungen war, die Aufmerksamkeit seines Vaters zu bekommen. Ihr Ex hatte so viele wunderbare Momente verpasst. Momente, die sie mit aller Kraft festhalten würde.

„Danke, Jed. Paige wird sich freuen, deine Lehrerin und dein Klassenzimmer zu sehen."

Mrs. Caseys anerkennender Blick begegnete Taras, und sie schenkte ihr und Paige ein herzliches Lächeln. „Na, dann folgen Sie mir bitte."

Eine halbe Stunde später fuhren sie mit Paige auf den Parkplatz des Futterladens. Sie hatte Jed versprochen, dass sie nach der Schule mit ihm zu Sally Anns Trödelladen fahren würde. In der Zwischenzeit hatte sie ein paar Sachen abzuholen, und dann musste sie nach Hause fahren, um da zu sein, wenn alles für das Pferdespa geliefert wurde.

Zusammen mit Paige betrat sie den Futterladen, wo ihr sofort der Geruch von Vieh- und Pferdefutter entgegenschlug. Sie ging an die Kasse, und der freundliche Mann dort nahm ihre Bestellung auf. Während sie wartete, dass alles zu ihrem Truck gebracht wurde, sah Tara sich um, um zu sehen, ob sie irgendetwas brauchte. Paige fand eine Ecke mit Hundespielzeug und wog jedes einzelne prüfend in der Hand. Tara ging den Gang hinunter, behielt ihre Tochter jedoch im Auge.

Sie untersuchte gerade ein Halfter, als sie Schritte auf dem Holzboden hörte. Sie sah sich um und blickte ausgerechnet Brice in die Augen. Zumindest hatte er genug Anstand, unbehaglich auszusehen. Sie hängte das Halfter wieder an den Haken und ging den Gang hinunter zu Paige. Sie hatte ihm nichts zu sagen.

„Ich weiß, dass du böse auf mich bist. Aber ist denn gar nicht zu dir durchgedrungen, dass ich nicht der einzige bin, der ein Angebot abgegeben hat? Die

Ranch ist zu gut, als dass man sie ignorieren könnte."

Sie blieb stehen und drehte sich langsam zu ihm um, bevor sie drei Schritte auf ihn zu kam, damit Paige nicht mithören konnte. „Nein. Ich war zu beschäftigt damit, an meinem eigenen Vorschlag zu einem Mietkauf zu arbeiten, den ich ihm unterbreiten wollte, sobald mein Geschäft angelaufen ist und ich es mir leisten kann. Als ich den Mietvertrag unterschrieben habe, hat er mit keiner Silbe erwähnt, dass er die Ranch verkaufen will." Sie gab sich größte Mühe, das Zittern in ihrer Stimme zu unterdrücken.

Sie hatte den Mietvertrag noch einmal durchgelesen, und da war tatsächlich eine Klausel, wonach er das Recht hatte, das Anwesen zu verkaufen. In diesem Falle hatte er ein Sonderkündigungsrecht mit einer Frist von nur dreißig Tagen. In ihrer Begeisterung, die Ranch gefunden zu haben, hatte sie diese Klausel nicht ernst genommen. Jetzt musste sie beten, dass ihr Vermieter ihr die Ranch nicht unter dem Hinter weg verkaufte, nicht an Brice und auch nicht an den anderen Bieter.

„Du willst die Ranch auch kaufen. Daran hatte ich

gar nicht gedacht.“

Sie wollte ihm antworten, dass er natürlich nicht daran gedacht hatte, weil er zu beschäftigt damit gewesen war, ihr und ihren Kindern die Ranch unterm Hintern weg zu stehlen. „Das ist offensichtlich“, zischte sie, und die Wut in ihr brodelte.

„Hi! Du bist der, der mir geholfen hat, Schlafmütze zu striegeln.“ Paige war zu ihnen getreten und lächelte Brice an. „Wir sehen dich aber auch überall.“

Er musste das kleine Mädchen einfach anlächeln. Sie war süß, so trotzig und liebenswürdig, wie sie ihn ansah. „Niedlichkeit zieht mich eben an.“

Paige sah ihn argwöhnisch an. „Was soll das denn heißen?“

„Das heißt, dass du niedlich bist.“

Sie blühte förmlich auf. „Oh“, kicherte sie. „Ich bin niedlich, Mama.“

Tara lächelte. „Ja, das bist du. Innerlich wie äußerlich.“ Sie warf Brice einen finsteren Blick zu. Er nahm an, dass sie ihm damit sagen wollte, dass er innerlich alles andere als niedlich war.

„Wie geht's Schlafmütze?", fragte er Paige, ohne auf den Blick einzugehen.

„Dem geht's gut. Er ist glücklich, bei uns auf der Ranch zu sein. Er liebt seine Box. Heute morgen hat er im Stehen geschlafen und geschnarcht", kicherte sie.

„Das war bestimmt lustig."

Sie nickte, immer noch kichernd. „Ich habe ihn eine Weile beobachtet, bevor ich ihm guten Morgen gesagt habe. Es war lustig." Sie schnaubte vor Lachen.

Er lachte mit, auch wenn Tara ihr hinter dem Mädchen wieder einen bösen Blick zuwarf.

„Paige, wir müssen gehen."

„Ich muss das Hundespielzeug hier wieder zurücklegen. Ich wünschte, wir hätten einen Hund, Mama."

„Darüber können wir uns später unterhalten."

Paige ging zur Ecke mit dem Hundespielzeug, und Tara beugte sich zu ihm vor. Der Pfirsichduft ihres Shampoos stieg ihm in die Nase und brachte ihn in Versuchung, sie an sich zu ziehen.

„Lass mein Kind in Ruhe."

„Was? Sie ist lustig. Soll ich etwa gemein zu ihr sein?", zischte er, damit das kleine Mädchen ihn nicht hörte.

„Nein, das nicht, aber wenn du ehrlich bist, bist du gemein, indem du versuchst, ihr ihr neues Zuhause wegzunehmen."

„Hey, das ist nicht fair, und das weißt du auch."

Sie trat noch einen Schritt auf ihn zu, so nah, dass er die blassgrauen Flecken in ihren blauen Iriden sehen konnte. „Was fair ist und was nicht ist mir egal. Aber meine Kinder, die sind mir nicht egal. Also mach dich lieber auf was gefasst, Brice. Ich werde es dir nicht leicht machen."

Paige kehrte zurück, als sie einander immer noch anstarrten.

„Küsst du ihn gleich, Mama?"

Tara schreckte zurück, als hätte sie jemand getasert. „Nein. Wir haben uns nur unterhalten."

Damit ergriff sie Paiges Hand und verließ eilig den Laden.

Das Mädchen drehte sich um und winkte ihm zu.

„Du kannst jederzeit vorbeikommen und mir helfen, Schlafmütze zu striegeln, okay?"

„Danke", sagte er, da er nicht wusste, was er sonst darauf antworten sollte. Er hatte das Gefühl, dass er damit rechnen musste, dass ihre Mutter ihm eine Ladung Schrot androhen würde, falls sie eine Schrotflinte besaß und er es wagte, noch einmal einen Fuß auf ihren Hof zu setzen.

Diese Frau besaß einen ausgeprägten Kampfgeist, das war klar. Und die einladendsten Lippen… *Oh nein, das vergiss mal ganz schnell, Cowboy.*

Er seufzte. Ja, die Stimme in seinem Kopf hatte Recht. Falls er je eine Chance bei Tara Quinn gehabt hatte, hatte er die in kürzester Zeit zunichte gemacht.

Selbst nachdem ihr Pferdespa geliefert worden war, war Tara immer noch wütend auf Brice.

Jetzt stand das monströse Becken in einer Ecke der Scheune, und sie war begeistert. Bald würde sie die ersten Termine vereinbaren können. Sie versuchte, nicht daran zu denken, womöglich mit Sack und Pack umziehen zu müssen. Die negative Stimme in ihrem Hinterkopf, die sich immer dann zu Wort meldete, wenn sich auch nur die geringste Gelegenheit dazu bot, versuchte, ihr jetzt einzureden, dass sie ihre Zeit verschwendete. Die Ranch würde verkauft werden und sie würde das Geld aufbringen müssen, das Spa woanders hin zu transportieren – das heißt, falls sie überhaupt einen geeigneten Ort fand.

Brice hatte ihren Hoffnungen und Träumen einen gehörigen Dämpfer verpasst, und das, während er ihr Baby mit seinem Charme eingewickelt hatte. Paige hatte auf dem Nachhauseweg ununterbrochen von Brice geschwärmt, und sie hatte nur genickt und gelächelt. Das Letzte, was sie jetzt für ihre Kinder wollte, war zusätzlicher Stress. Sie hatten schon genug durchgemacht, als sie sie und ihren Daddy immer wieder streiten gesehen hatten. Die Streitereien, die Scheidung – sie hatten genug Unangenehmes gesehen, darum würde sie nicht zulassen, dass sie irgendwelche Auseinandersetzungen mit ihrem neuen Nachbarn mitansehen mussten.

Wenn es sein musste, würde sie Brice sagen, dass

er nicht willkommen war. Wenn sie nicht einen Weg fand, Mr. Leonard davon zu überzeugen, mit dem Verkauf zu warten, bis sie es sich leisten konnte, die Ranch zu kaufen, würde das wahrscheinlich eher früher als später passieren.

Sie rieb sich die Schläfen und starrte das Spa an, eine Art überdimensionierte Badewanne, die, mit kaltem Salzwasser befüllt, wahre Wunder für Muskeln und Sehnen von Pferden bewirkte.

Sie musste einen Weg finden.

Sie warf einen Blick auf die Uhr. Paige machte gerade ein Nickerchen, und sie hatte noch eine Stunde, bis sie sie aufwecken musste, um Jed von der Schule abzuholen.

Zeit, einen Anruf zu tätigen. Sie holte ihr Handy aus der Hosentasche und rief ihren Vermieter an. Sie hoffte nur, dass er Mitgefühl haben würde. Und dass er die Ranch nicht verkaufen *musste*. Ja, das war ihre einzige Hoffnung.

Es klingelte einmal, und sie hätte beinahe aufgelegt.

„Hallo", meldete sich der Mann am anderen Ende

der Leitung gut gelaunt.

Sie versuchte, ebenso gut gelaunt zu antworten, doch es gelang ihr nicht „Hallo, Mr. Leonard, Tara Quinn hier."

„Oh hallo, wie geht's Ihnen? Haben Sie und die Kinder sich schon gut eingelebt?"

Sie begann zu antworten, doch sie krächzte und musste sich erst einmal räuspern. „Danke, ja. Die Kinder lieben das Haus und die ganze Ranch. Die Pferde sind auch angekommen, und alles ist einfach perfekt."

„Das ist ja wunderbar. Freut mich, das zu hören. Und Ihr Nachbar hat sich um das Wasserproblem gekümmert?"

Sie dachte an Brice und musste sich sehr beherrschen, um nicht zu knurren. „Ja, das hat er, Mr. Leonard, und er ist auch der Grund meines Anrufs. Brice hat mir gesagt, dass er ein Angebot für die Ranch abgegeben hat, und also … ich habe Sie noch nicht darauf angesprochen, weil ich erst einmal mein Geschäft zum Laufen bringen muss, bevor ich irgendwelche Verpflichtungen eingehe, doch ich hatte gehofft, dass ich auch ein Angebot für die Ranch abgeben kann. Ich meine, er hat mir gesagt, dass sie mehrere Angebote vorliegen haben…“ In diesem Moment wurde ihr bewusst, dass sie das vielleicht gar nicht wissen sollte, doch es war nun einmal so.

Einen Moment lang herrschte Schweigen. „Ja, er hat ein Angebot abgegeben, und ich habe noch andere hier. Doch ich habe noch nicht entschieden, was ich mit der Ranch anfangen will. Dann wollten Sie sie vielleicht haben? Für dieses Pferdespa, von dem Sie mir erzählt haben?“

„Ja, Sir. Das Becken ist heute geliefert worden. Ich will bald anfangen, Werbung zu machen, und hoffentlich spricht sich mein Stallbetrieb auch bald herum. Wenn Sie mich auf die Liste setzen könnten, damit ich zumindest eine Chance habe, den Zuschlag zu bekommen, wäre das wunderbar.“

Wieder folgte Schweigen. „Das kann ich tun.“

Sie war erleichtert. Es schien doch ein Licht am Ende des Tunnels zu geben. „Danke. Ich weiß das zu schätzen. Meinen Sie, es bestünde die Möglichkeit, einen Mietkauf zu vereinbaren oder eine

Eigentümerfinanzierung?" Sie wusste, dass dieser Teil alle ihre Chancen zunichte machen konnte.

„Ich bin mir nicht sicher, ob ich das kann, aber ich verspreche Ihnen, Ihnen eine Chance zu geben, wenn ich mich entschließe, die Ranch zu verkaufen. Dann sehen wir, was ich tun kann. In der Zwischenzeit würde ich gerne das eine oder andere an der Ranch reparieren lassen. Ich werde jemanden einstellen, der sich darum kümmern wird, darum hoffe ich, dass es sie nicht allzusehr stören wird, wenn eine Weile jemand auf der Ranch arbeitet?"

Eine neue Welle der Erleichterung schwappte über sie hinweg. Er war bereit, ihr eine Chance zu geben. „Nein, überhaupt nicht."

Er hätte Steptänzer einstellen können, die die ganze Nacht auf ihrem Dach tanzten, solange er ihr eine Chance gab, diese wunderschöne Ranch für sich und ihre Kinder zu kaufen.

„Schön. Ich lasse Sie wissen, wofür ich mich entscheide. Doch ich bin mir wirklich nicht sicher, was ich tun will, darum werde ich nichts überstürzen. Darum habe ich die Ranch ja vermietet, damit ich Zeit habe, eine Entscheidung zu treffen und mich damit abzufinden, dass ich nicht mehr selbst da wohne. Ich liebe die Ranch und will die richtige Entscheidung treffen."

Sie verstand ihn. Er war weggezogen, doch er musste sich wahrscheinlich immer noch an den Gedanken gewöhnen, nicht mehr sein Land und sein Vieh um sich zu haben. Plötzlich tat ihr der alte Mann leid. „Oh, das verstehe ich. Und danke, dass Sie mich als Käufer in Erwägung ziehen. Ich kann gut nachvollziehen, warum sie die Ranch lieben. Es ist ein wunderschönes Fleckchen Erde."

„Danke. Meine Frau und ich hatten ein gutes Leben da. Ich hoffe, dass, wann immer ich das Land verkaufe, jemand anderes da auch ein gutes Leben haben wird."

Noch lange, nachdem sie sich voneinander verabschiedet hatten, dachte sie darüber nach. Sie wollte ein gutes Leben hier haben. Doch aus irgendeinem Grund hatte sie das Gefühl, dass er eine Familie meinte ... und das machte sie traurig. Ihre Kinder und sie waren eine Familie. Die Tatsache, dass ihr Exmann vor seiner Schwäche kapituliert und zugelassen hatte, dass sich sein Leben um den Alkohol drehte anstatt um seine Familie, war nicht ihre Schuld.

Nachdem sie aufgelegt hatte, stand sie ein paar Minuten da und ließ den Blick über die sanften Hügel der Ranch gleiten. Sie seufzte, denn sie wusste, dass ihr Einfluss auf seine Entscheidung begrenzt war.

Es war Zeit, Paige aufzuwecken und zur Schule zu fahren, um Jed abzuholen. Zeit, sich auf das Jetzt zu konzentrieren und abzuwarten, was die Zukunft bringen würde. Für den Moment hatte sie alles getan, was sie tun konnte.

Sie setzte ein fröhliches Gesicht auf, und allein das hatte schon eine positive Wirkung auf ihre Stimmung. Sie hatte ihre Kinder und ihr Leben war besser als zuvor, denn sie waren hier in diesem kleinen Ort. Allein das war schon ein Grund, sich gut zu fühlen. Alles war gut, und es würde sich schon alles in ihrem Sinne regeln.

Das musste einfach so sein.

KAPITEL NEUN

„Na, wen haben wir denn da? Meine kleinen Freunde!", sagte Sally Ann, als Tara die Tür zum Trödelladen öffnete und Jed und Paige vor sich eintreten ließ.

„Hi, Miss Sally Ann", sang Jed geradezu. „Wir sind gekommen, um ihre Sachen anzuschauen."

Er hatte Tara auf der Fahrt von der Schule hierher erklärt, dass Sally Ann ihm erlaubt hatte, sie so zu nennen. Und seit sie ihn abgeholt und ihm gesagt hatte, dass sie Sally Ann besuchen würden, hatte er ununterbrochen über sie geredet.

„Sie haben aber viel hier." Paige blickte den langen Gang hinunter, der rechts und links von alten Möbeln, Spielsachen und Gott weiß was sonst noch gesäumt wurde und zum Erkunden einlud.

Sally Ann lachte. „Oh ja. Kommt nur rein und erzählt mir, was ihr sucht. Ich wette, wir werden es finden, oder zumindest was Ähnliches. Und wie geht's dir heute, Tara?"

„Gut." Und das war keine Lüge. Sie hatte mit sich gerungen und schließlich die negativen Gedanken verbannt und durch einen gewissen Optimismus ersetzt. Manchmal musste man sich einfach dazu zwingen. Doch sie war stur, und sollte das Leben ihr doch so viele Stolpersteine in den Weg legen, wie es wollte. Sie würde nicht klein beigeben. Diese zwei wunderbaren kleinen Menschen in ihrem Leben wogen alles Schlechte mehrfach auf. Sie war gesegnet. „Wir freuen uns schon. Ich liebe es, Läden wie deinen zu erkunden. Die Kinder auch. Ich habe sie früh damit angesteckt." Sie lächelte Sally Ann an.

„Das ist doch wunderbar. Also, was möchtest du, Mr. Jed? Und die kleine Miss Paige?"

„Coole Autos und einen Traktor", antwortete Jed sofort.

„Ein Puppenhaus", strahlte Paige.

„Na, dann viel Spaß beim Umsehen. Geht einfach mal den Gang da runter."

Der Laden war vollgestopft und riesig. Sie fanden ein Regal, in dem gleich mehrere Puppenhäuser standen, von günstig bis teuer. Paige quietschte begeistert, ließ sich sofort vor einem nieder und begann, mit den Puppen darin zu spielen.

Jed sah ein paar Trucks und ging sie sich ansehen.

Sally Ann verschränkte die Arme und blieb mit zufriedener Miene neben Tara stehen. „Deine Kinder sind köstlich. Wie läuft es bei euch?"

„Großartig. Mein Pferdespa ist heute gekommen, ich kann also alles vorbereiten, um die ersten Pferde aufzunehmen und Spatermine zu buchen."

Sally Ann sah sie interessiert an. „Ein Pferdespa? Im Ernst?"

Sie lachte. Sally Anns Reaktion war nicht ungewöhnlich. „Es ist ein Therapiebecken. Ich habe vier Jahre in einer Therapieeinrichtung gearbeitet und mich entschlossen, mich einzukaufen und hier eine Niederlassung aufzumachen. Ich muss das wirklich hinbekommen. Bald lege ich mit meiner Marketingkampagne los. Ich habe nur ein winziges Budget, aber ich denke, ich kriege das schon hin." Sie hatte einen Großteil ihrer Ersparnisse benutzt, um sich in das Geschäft einzukaufen, darum musste sie das Spa zu einem Erfolg machen.

Sally Ann strahlte. „Du solltest mit meiner Nichte Jenna reden, sie macht das beruflich. Sie hilft mir auch mit meinen Anzeigen für den Trödelladen. Mein Umsatz ist merklich angestiegen, seit sie Anfang des Jahres an Bord gekommen ist."

„Oh wirklich? Das wäre fantastisch." Sie machte sich Sorgen wegen der Kosten, doch Werbung war wichtig, und sie hatte ein kleines Budget dafür reserviert.

„Sie kommt morgen her. Aber weißt du was, ich sage ihr einfach Bescheid, und vielleicht könnt ihr zusammen Mittagessen gehen, während ich hier auf Paige aufpasse."

„Das würdest du tun?" Sie ließ Paige nur mit

wenigen Menschen allein, doch bei Sally Ann würde sie so sicher sein, wie man nur sein konnte.

„Selbstverständlich. Ich mache uns ein Mittagessen und wir picknicken hier im Laden, spielen mit den Puppenhäusern und kümmern uns um die Kunden." Wie aufs Stichwort klingelte die Glocke über der Tür, und drei Frauen traten ein. Sie sahen aus, als wären sie auf Schatzjagd. Sie machten große Augen, als sie sich in dem riesigen Laden umsehen, in dem es so ziemlich alles gab, was man sich vorstellen konnte. Sally Ann schmunzelte. „Man sieht ihnen gleich an, dass sie Trödel lieben, findest du nicht?"

Sie nickte. „Oh ja."

„Herzlich willkommen, meine Damen", rief sie ihnen zu. „Viel Spaß beim Stöbern, und falls Sie etwas Bestimmtes suchen, fragen Sie einfach. Ich helfe Ihnen gerne."

Sie bedankten sich und fingen an, sich umzusehen.

Später kehrten Tara und die Kinder mit ein paar Spielzeugtrucks, einem der kleineren Puppenhäuser und ein paar Puppenhausmöbeln nach Hause zurück, nachdem sie sich mit Jenna zum Mittagessen verabredet hatte.

Tara freute sich darauf, mit Jenna essen zu gehen und zu hören, was sie für den besten Weg hielt, ihr Geschäft bekannt zu machen. Dazu kam, dass sie Jenna bereits am Tag des Grasbrandes auf der Ranch kennengelernt hatte und sie wirklich nett zu sein schien. Es war gut, hier jemanden in ihrem Alter zu haben.

Lange Zeit hatte sie nicht gewagt an einen Neuanfang zu denken und daran, neue Freunde zu finden. Als ihr Leben um sie herum angefangen hatte, sich in Wohlgefallen aufzulösen, hatten sich viele ihrer Freunde bereits wegen des betrunkenen Verhaltens ihres Exmannes zurückgezogen. Nach dem Unfall hatten die wenigen wahren Freunde, die ihr geblieben waren, sie geradezu angefleht, wegzuziehen.

Sie hatten Recht gehabt, doch sie hatte auch sie zurücklassen müssen. So vieles hatte sie zurücklassen müssen.

Ihr Herz schmerzte, und sie verdrängte die

Gedanken daran. Nein, daran durfte sie nicht denken.

Brice war auf dem Nachhauseweg, nachdem er Vieh nach Südtexas gebracht hatte. Er hatte gerade Kingsville hinter sich gelassen, als sein Handy klingelte. Sein Puls schlug schneller, und sein Magen flatterte, als er sah, dass der Anrufer Mr. Leonard war. *Würde er etwa gleich erfahren, ob er die Ranch kaufen durfte?*

„Brice, ich brauche deine Hilfe, falls du Zeit hast."

Das war nicht der Anruf, den er erwartet hatte, und schon gar nicht ohne Begrüßung. „Sir, was kann ich für Sie tun? Stimmt was nicht?"

„Ich habe mich entschlossen, ein paar Sachen auf der Ranch reparieren zu lassen. Wenn du nicht zu beschäftigt bist, vielleicht kannst du mal rübergehen und für mich nach dem Stall sehen. Ich weiß, dass ich das eine oder andere machen lassen muss, bevor ich die Ranch verkaufe – falls ich mich dazu entschließe. Könntest du dir den Stall und die Scheunen ansehen und mir sagen, was nötig ist, um sie so gut wie neu aussehen zu lassen? Ich will mir kein Angebot einholen und dann nicht wissen, ob die Firma mir die Wahrheit sagt oder einem Eskimo einen Kühlschrank anzudrehen versucht."

Brice war überrascht von seiner Bitte. „Sicher, das kann ich machen. Ich habe mir neulich erst die Verkleidung angesehen, als ich wegen der Wasserleitung da war. Ich glaube nicht, dass es schlimm ist, doch ein paar Bretter müssen schon ausgetauscht werden."

„Das dachte ich mir. Sag nur bitte Tara Bescheid, was du machst."

Allein der Gedanke an Tara jagte einen Blitz durch ihn hindurch. „Darf ich annehmen, dass Sie noch keine Entscheidung getroffen haben?"

„Nein, noch nicht. Ich entscheide mich, wenn ich soweit bin. In der Zwischenzeit weiß ich es aber zu schätzen, dass du dir das für mich ansiehst. Da du Interesse an der Ranch hast, siehst du es dir ja mit den Augen eines Eigentümers an. Das gefällt mir. Aber sag das nicht dem kleinen Mädchen. Sie hat große Hoffnungen für die Ranch. Wenn sie nicht schon ihre Ausrüstung geliefert bekommen hätte, hätte ich vielleicht schon alles verkauft. Doch nachdem dem so ist, ist die Situation ein bisschen komplizierter."

Er sah das Dilemma des alten Mannes, und nachdem Mr. Leonard aufgelegt hatte, war auch Brice hin- und hergerissen. Doch das würde er Mr. Leonard natürlich nicht sagen. Er wollte ihm auch nicht sagen, dass er so ziemlich der letzte Mensch war, den Tara Quinn auf der Ranch herumstochern sehen wollte.

Die Tatsache, dass er sie seit ihrer Begegnung im Futterladen heute Morgen nicht mehr aus dem Kopf bekam, half auch nicht weiter. Sie hatte ihm unmissverständlich klargemacht, dass sie ihn nicht leiden konnte, warum war er also noch so besessen von ihr?

Weil es sich einfach nicht richtig angefühlt hatte. Vielleicht würde die Mission, zu der er sich bereit erklärt hatte, helfen, reinen Tisch zu machen. Doch während er Meile um Meile in Richtung Ransom

Creek fuhr, bekam er ihr hübsches Gesicht nicht aus seinem Kopf.

Tara hatte Jed zur Schule gebracht und war in der Scheune, als sie einen Truck hörte. Paige, die mit ihren Puppen am Eingang der Scheune spielte, sprang auf.

„Brice ist hier!", quietschte sie, und sofort stoben die Schmetterlinge in Taras Bauch auf.

Schmetterlinge der Unsicherheit, ermahnte sie sich. Sie hatte ihn nicht aus ihrem Kopf bekommen, auch wenn sie ihn nicht dort haben wollte. Seinetwegen hatte sie sich die ganze letzte Nacht im Bett herumgewälzt. Es machte sie wütend. Sie hatte sich immer wieder versichert, dass sie nichts falsch gemacht hatte, doch andererseits wusste sie ganz genau, dass sie furchtbar unfreundlich zu ihm gewesen war. Sie sah ihn aus dem Truck steigen und redete sich ein, dass ihre Unfreundlichkeit nichts mit der Tatsache zu tun hatte, dass er stark und attraktiv war. Sie schluckte den Kloß in ihrem Hals hinunter und bemühte sich, sein kantiges Kinn und seine grünen

Augen nicht allzu sehr anzustarren. Doch sie starrten einander an, gerade so, als spürte auch er die prickelnde Anziehung, die zwischen ihnen brannte. Ihr Puls pochte in ihren Ohren, und sie ballte die Hände um den Besenstiel zu Fäusten. *Was war nur los mit ihr?*

Paige rannte über den Hof auf ihn zu, und sofort war Tara hellwach. „Nein, warte, Paige!", rief sie, ließ den Besen fallen und rannte ihr hinterher. Es bestand keine Gefahr, doch es gefiel ihr nicht, dass sie so schnell auf ihn zu stürmte, selbst wenn sie die Situation als „sicher" betrachtete. *Doch was war eine unsichere Situation?* Als ob er ihre Sorge gespürt hatte, eilte Brice auf sie zu und lächelte, als er das kleine Mädchen begrüßte.

Zu Taras Überraschung schlang Paige ihre Arme um seine Beine und drückte ihn fest. Er bückte sich und lächelte sie an. „Hey, kleine Dame, wie geht's dir heute?"

Die Augen ihrer Tochter strahlten, als sie ihm voller Bewunderung in die schönen grünen Augen blickte. „Gut. Ich wusste, dass du wieder herkommen würdest, um mich und Schlafmütze zu sehen. Ich habe ihm gesagt, dass du ihn wieder besuchen würdest. Willst du mich ihn reiten sehen? Ich kann Tricks. Große Tricks."

Er lachte. „Ich würde dich unglaublich gerne reiten sehen. Und deine Tricks will ich auch sehen, solange sie nicht gefährlich sind. Ich will nicht, dass du irgendwas tust, wobei du dich verletzen könntest. Man muss vorsichtig mit Pferden sein, ganz gleich, wie groß sie sind, damit du dir nicht wehtust und damit sie dir nicht wehtun."

„Schlafmütze würde mir nie wehtun."

„Ich weiß, aber du musst trotzdem vorsichtig sein."

Es rührte sie, wie sehr er sich um Paige sorgte. Wieder wuchs ein Kloß in Taras Hals, und ihr Herz fühlte sich an, als steckte ein Fels darin fest. Paiges eigener Vater hatte nie so viel Sorge um sie gezeigt. Eine Welle der Wut drohte Tara zu überwältigen, doch Brice hob plötzlich den Blick zu ihr, und ihr wurde heiß. Die Wut verflog und machte ... vollkommenem und allumfassendem *Verlangen* Platz. Verlangen?

Wonach?

Nach *ihm*.

Geschockt erstarrte sie, während jede Faser ihres Seins diesem umwerfenden Cowboy, der sie aus der Hocke ansah, näher kommen wollte. Umwerfend? Ihr Atem war kurz und stockend, als wäre sie gerade einen Marathon gelaufen. Er stand auf, die Hand auf Paiges Schulter. Er beugte sich zu ihr vor. „Bist du okay? Stimmt was nicht?"

„N-nein… ich bin nur. Es ist nichts." Sie winkte ab. Was sollte sie auch sagen? „Kann ich dir irgendwie helfen?"

Er sah aus, als glaubte er ihr nicht, doch dann sah er Paige an und lächelte. „Ich wollte etwas für Mr. Leonard erledigen, doch ich würde auch zu gerne diese süße Maus hier auf Schlafmütze reiten sehen, wenn das okay für dich ist. Ich bin mir ziemlich sicher, dass sie mich beeindrucken wird."

Paige sah stolz aus. „Was bedeutet beeindrucken?"

„Es bedeutet, dass du so toll sein wirst, dass ich wirklich, wirklich stolz auf dich sein werde."

„Oh ja. Kann ich es ihm zeigen, Mama?"

Tara lachte. Gegen diese beiden war sie machtlos. „Natürlich. Aber wir haben nur eine Stunde, bis ich mich mit Jenna zum Mittagessen treffe. Und du isst mit Sally Ann."

„Ich kann mich beeilen", sagte Paige und hüpfte in Richtung Stall davon.

„Das klingt nett." Er hatte Fragezeichen in seinen Augen, doch er hakte nicht nach, als sie in Richtung Scheune voraus ging. „Tut mir leid, dass ich unangemeldet hereinplatze, doch Mr. Leonard will, dass ich mir die Scheune und den Stall ansehe, um zu zählen, wie viele der Bretter am Sockel ausgetauscht werden müssen. Der Regen macht den Brettern da unten am meisten zu schaffen."

„Oh, das ist nett von ihm." Damit hatte sie nicht gerechnet, nicht, nachdem sie die Ranch wie gesehen gemietet hatte. Doch nachdem sie bald Kundenverkehr haben würde, war es schön, wenn alles perfekt aussah. Dann kam ihr ein Gedanke. „Verkauft er an dich?"

Etwas, das sie nicht interpretieren konnte, blitzte in seinen Augen auf. „Er hat nicht gesagt, was er tun wird. Doch nachdem er mehrere Angebote hat, wollte er zumindest, dass alles gut aussieht, während er über seine Entscheidung nachdenkt."

Sie runzelte die Stirn. „Ich beschwere mich nicht. Es hilf mir, wenn das Anwesen gut aussieht. Schließlich bringt das Pferdetherapiespa und die Stallvermietung Kunden hierher." Sie biss sich auf die Unterlippe. Wenn er Renovierungen vornehmen ließ, würde er wahrscheinlich mehr verlangen, und das würde heißen, dass sie wahrscheinlich nicht annähernd an den Preis herankommen würde, den er sich vorstellte. Das könnte sich als Dealbreaker erweisen.

„Schau, wir beide wollen die Ranch, ich verstehe das. Doch könntest du mich bitte nicht ansehen, als versuchte ich, dir und deinen Kindern was anzutun? Denn das tue ich nicht. Es gibt noch andere Ranches auf dem Markt. Hier in der Gegend stehen mehrere Anwesen zum Verkauf, kleiner, mit weniger Land. Wirklich schön." Er blickte in Richtung des Beckens. „Aber ich möchte mehr über dieses Spa erfahren. Ich habe ein paar Pferde mit Problemen."

Ihr Herz machte einen Sprung. Sie brauchte

Kunden.

„Mama, ich hab den Sattel." Paige schleppte mit hochrotem Kopf den Sattel auf sie zu.

„Komm, Süße, lass mich das machen."

„Ich schaff das schon. Ein Reiter muss seinen Sattel tragen."

„Bist du sicher?" Er warf Tara einen fragenden Blick zu.

„Sie kann ihn tragen. Er ist nicht zu schwer, und sie hat schon ordentlich Muskeln. Sagt sie zumindest. Du müsstest ihn ihr aus den Händen reißen. Sie ist wild entschlossen, dich zu beeindrucken."

Er zwinkerte ihr zu, dann wandte er sich wieder Paige zu. „Süße Maus, das machst du ganz toll."

Paige strahlte und kicherte vor sich hin.

Tara beobachtete staunend, wie er ihrem Baby die Tür zur Box öffnete und ihr hinein folgte. Sie folgte beiden, die Gedanken bei seinem Zwinkern und wie umgänglich er doch war. Sie hatten einen Flashback an ihre erste Begegnung im Badezimmer, sie, eingewickelt in den Duschvorhang und er an den Waschtisch gelehnt, als wäre die Situation vollkommen normal. Sie hätte beinahe gelacht, was sie überraschte. Er war wahrscheinlich so überwältigt von ihr gewesen, dass er einen Moment lang von Sinnen gewesen war. *Ja, klar.* Was für ein abstruser Gedanke.

Als spürte er, dass sie über ihn nachdachte, wandte er sich ihr zu und sah ihr in die Augen. Sein Blick wanderte über ihr Gesicht und blieb an ihren Lippen hängen, bevor er ihr erneut in die Augen sah. Dann lächelte er, als wollte er das Knistern zwischen ihnen eingestehen. Mit Gewalt riss sie den Blick von ihm los und konzentrierte sich auf Paige.

„Pass auf, dass der Gurt festgezurrt ist, aber nicht zu fest."

„Haben wir schon, Mama." Paige warf ihr einen *ich weiß, was ich tue*-Blick zu und verdrehte die Augen.

Tara runzelte die Stirn. „Nicht frech werden, junge Dame. Aber gut, dass du daran gedacht hast."

Paige kam zu ihr und umarmte ihr Bein. „Ich hab dich lieb, Mama."

„Ich dich auch, Baby." Sie tätschelte Paiges Schulter und wusste ganz genau, dass Paige sie nach der Schelte freundlich stimmen wollte. Sie war froh, dass Paige einen eigenen Kopf hatte, und störte sich nicht daran, dass sie ihrer Meinung Ausdruck verlieh. Es würde ihr helfen, wenn sie älter wurde. Tara musste nur sichergehen, dass sie wusste, dass sie ein Recht hatte, zu überprüfen, was sie tat.

Ein paar Minuten später waren sie draußen im Paddock, und Paige ritt Schlafmütze im Kreis herum, stolz, wie sie nur sein konnte, dass Brice ihr zusah. Tara staunte nicht schlecht, dass das kleine Mädchen sich entschieden hatte, Brice so anzuhimmeln. Doch es war offensichtlich. Und es überraschte sie noch mehr, dass er genauso von Paige begeistert war.

Doch die größte Überraschung war, dass Tara ihn auch mochte. Und als er neben ihr stehen blieb und sie anlächelte, fühlte sich ihr Innerstes an wie Wäsche in einem heißen Wäschetrockner.

Brice war ganz vernarrt in Tara und Paige. Das kleine Mädchen war wie eine Miniaturausgabe ihrer Mutter. Er hätte beinahe laut gelacht, als Paige ihrer Mutter erklärt hatte, dass sie wusste, was sie tat, als sie den Sattel festgezurrt hatte. Und Taras Miene war unbezahlbar gewesen. In diesem Moment hatte er einen derart starken Impuls, sie zu umarmen verspürt, dass er beinahe gegen die Wand der Box gestolpert wäre.

Jetzt ritt Paige ihr Pony wie ein Profi, und er lächelte Tara an. „Sie ist gut. Du hast ganze Arbeit geleistet."

„Ich gebe mir Mühe, aber sie ist wie ein Schwamm. Ein Naturtalent."

„Ich kann immer noch nicht fassen, dass du reitest. Das hätte ich nie gedacht." Doch es gefiel ihm, und er biss sich gerade noch auf die Zunge, damit er sie nicht zu einem Ausritt einlud. Sie würde sowieso nein sagen. Er wusste, dass sie sich genauso zu ihm hingezogen fühlte wie er zu ihr, doch er wusste auch, dass sie es nicht wollte. Er konnte es an ihrer Körpersprache sehen, als sich ihre Blicke begegnet und zwischen ihnen die Funken geflogen waren. Sie war sofort erstarrt, und er hatte schon befürchtet, dass sie die Flucht ergreifen würde.

Am ersten Tag hatten sie keinen guten Start gehabt, und dass er die Ranch kaufen wollte hatte sie persönlich genommen. Das Problem war nur, dass er sich mit jedem Moment, den er mit ihr verbrachte, mehr wünschte, dass diese Barriere zwischen ihnen nicht existierte.

„Schau, Brice!", rief Paige.

Er wandte sich ihr gerade rechtzeitig zu, um zu sehen, wie sie das Sattelhorn ergriff und sich gefährlich zur Seite rutschen ließ und ein Bein in die Luft streckte. Bevor er reagieren konnte, verlor Paige den Halt und rutschte mit dem Kopf voran vom Pferd.

Tara keuchte, und er stürzte auf Schlafmütze zu, um zu versuchen, das Mädchen aufzufangen, doch es gelang ihm nicht. Er kniete neben ihr. „Bist du okay?" Er hielt ihre Schultern und blickte auf das blinzelnde Kind herab.

„Bist du verletzt?" Tara ging mit aschfahlem Gesicht neben ihr auf die Knie.

„Nein, Ma'am. Aber mein Trick hat nicht funktioniert." Paige hörte sich verärgert und unverletzt an. Sie setzte sich auf, und er ließ es zu.

Überraschenderweise schien sie sich nichts getan zu haben. „Ich versuch's gleich nochmal." Paige stand auf.

Taras Schulter berührte seine, und er spürte, dass sie zitterte. Sie war geschockt. „Oh nein, das wirst du nicht. Das versuchst du nicht noch einmal, junge Dame. Wir müssen uns sowieso auf den Weg machen. Wir sind zum Mittagessen verabredet." Sie klopfte Paiges Hose ab. „Geh du ins Haus und wasch dir die Hände, ich komme nach, sobald ich Schlafmütze abgesattelt habe."

„Aber–"

„Geh."

Ihr Ton war streng, und Paige musste begriffen haben, dass es keinen Sinn hatte, zu diskutieren, denn sie schnitt eine Grimasse und ging zum Tor.

Als sie gegangen war, standen beide auf.

„Das hat mir einen ordentlichen Schrecken eingejagt", gab er zu.

„Mir auch. Es ist nicht leicht, eine tollkühne Tochter zu haben."

„Das verstehe ich. Mein Herz donnert immer noch

gegen meine Rippen. Wie fühlst du dich? Ich habe deinen Arm zittern gespürt.“

Er sah sie besorgt an. Sie verschränkte die Arme und hoffte, damit dem Zittern, das er gespürt hatte, Einhalt zu gebieten.

Sie schüttelte den Kopf. „Schon gut. Ich hab mich nur ein bisschen erschreckt. Das gehört einfach dazu, wenn man Kinder hat. Ich bin nur froh, dass sie sich nicht verletzt hat. Ich weiß nie, was sie oder Jed als nächstes anstellen.“

„Meine Geschwister und ich hatten auch so unsere Momente. Bis gerade eben habe ich es nur nie aus dem Elternblickwinkel betrachtet. Geh du nur, ich sattle das Pony ab. Ich bleibe sowieso hier. Viel Spaß beim Mittagessen mit Jenna.“

„Danke. Sie will mir mit dem Marketing helfen.“

„Ich habe ein Pferd, das ich gerne vorbeibringen würde. Er hat sich eine Sehne verletzt, und die Therapie dürfte ihm helfen.“ Er wollte ihr einen kleinen Anschub geben und dem Pferd würde die Behandlung guttun.

„Gerne, das würdest du tun?"

„Natürlich, warum nicht? Ich will dir helfen, und mein Pferd fühlt sich danach auch besser."

Sie sah hin- und hergerissen aus, dann entspannte sie ihre Schultern und holte tief Luft. „Danke."

Er lächelte und hob die Zügel des Ponys auf. „Und jetzt geh zu deinem Mittagessen. Paige ist gerade aus dem Haus gekommen – vielleicht solltest du sie besser ins Auto setzen, bevor sie noch auf die Idee kommt, vom Dach zu springen."

Sie verdrehte die Augen. „Das könnte schneller passieren, als dir lieb ist. Bis später. Dann können wir auch einen Termin für dein Pferd vereinbaren."

„Ich kenne mich mit Wasserleitungen aus. Wenn du willst, kann ich das Becken anschließen."

„Oh, das musst du nicht–"

Er legte seine Hand auf ihren Arm. „Es macht mir nichts aus. Und jetzt geh und amüsier dich."

„Danke, aber das ist wirklich nicht nötig. Das Salzwasser ist schon im Tank. Es ist ein geschlossener Filterkreislauf."

„Oh wirklich? Das ist interessant."

„Ja, dadurch ist es ja perfekt für mich. Bis später." Sie lächelte ihn dankbar an.

Er blickte ihr nach, dann führte er das Pony in den Stall. Er wollte, dass sie sich in seiner Gegenwart wohl fühlte, denn er wollte sie besser kennenlernen.

KAPITEL ZEHN

Tara biss in ihr Hühnersalat-Sandwich und ließ sich Jennas Vorschläge für das Marketing ihres Geschäfts durch den Kopf gehen, während Jenna und sie sich endlich dem Mittagessen zuwandten, das bisher unberührt geblieben war, da sie sich so angeregt unterhalten hatten. Jenna wusste, wovon sie sprach, und war ein wunderbarer Mensch, mit dem sie zu gerne arbeiten würde. Und mehr als das – sie hätte sie gerne zur Freundin.

Sie holte tief Luft. „Ich habe ein kleines monatliches Budget für Werbung reserviert. Würdest du das Projekt annehmen und mir helfen, mein Geschäft bekannt zu machen?"

„Gerne. Und ich glaube, bei all den Ranches, Pferdefarmen und Reitställen in der Gegend bekommst du ganz schnell Kundschaft. Mundpropaganda ist nicht zu unterschätzen. Doch ich glaube auch, dass wir nahe genug an den größeren Städten dran sind, dass bald auch Leute von da Pferde bei dir unterstellen werden, wenn wir Werbung dort schalten."

Jennas Optimismus war ansteckend, und Tara brauchte das ganz dringend. „Ich hoffe, du hast Recht. Ich muss ehrlich sein – ich brauche den Erfolg. Hierher zu ziehen … war ein großer Schritt für mich, und um der Kinder willen möchte ich – nein, ist es unabdingbar, dass ich Erfolg habe. Darum bin ich dir dankbar. Ich kann nicht fassen, dass ich dich hier draußen gefunden habe."

Jenna lachte. „Und ich freue mich, dich gefunden zu haben. Glaub mir, ich hätte mir nie träumen lassen, dass ich je hierherziehen würde, und doch bin ich hier. Ich liebe mein Leben hier und arbeite weiter an meiner Karriere. Und das, was du vorhast, repräsentiert alles, wofür diese Gegend steht. Du passt wunderbar hierher, und ich habe keinen Zweifel, dass du es schaffst, Fuß zu fassen. Ich nehme an, dass du eine unangenehme Scheidung hinter dir hast? Tut mir leid, wenn ich zu neugierig bin, und wenn du nicht darüber reden willst, sag es einfach."

Sie sah sich um, um sich zu versichern, dass niemand lauschte. Natürlich lauschte niemand, denn der nächste belegte Tisch war ein Tisch voller Cowboys, die lachten und sich gegenseitig aufzogen. Dann war da noch ein Tisch, an dem es ernster zuging. Die Cowboys dort schienen sich über Geschäftliches zu unterhalten. Auch an den anderen Tischen waren die Leute mit sich beschäftigt, und niemand interessierte sich für das, was sie sagte.

„Ja. Mein Exmann ist während unserer Ehe zum Alkoholiker geworden, und wir waren ihm nicht wichtig genug, um sein Leben in den Griff zu bekommen. Jetzt sitzt er im Gefängnis, weil er betrunken einen Unfall verursacht hat, bei dem jemand ums Leben gekommen ist." Die Erinnerung daran erfüllte sie mit tiefer Trauer um das Opfer.

Jenna sah sie geschockt an. „Das ist ja furchtbar. Das tut mir so leid."

„Es ist furchtbar. Und meine Kinder waren im Auto mit ihm. Ich habe immer noch nicht verwunden, dass ich sie beinahe verloren hätte. Alles, was ich tue, tue ich für sie. Dafür zu sorgen, dass sie glücklich und gesund sind, ist das Wichtigste für mich. Sie haben immer noch mit den Nachwirkungen dieser Nacht zu kämpfen. Es war ein traumatisches Erlebnis."

„Oh Tara, das tut mir so leid."

„Mir auch. Um ihretwillen. Doch es geht ihnen schon besser. Seit wir hier sind, sind die Alpträume seltener geworden, und es scheint ihnen besser zu gehen, darum weiß ich, dass die Entscheidung, für sie ein neues Leben anzufangen, richtig war. Ich will nicht, dass ihr Leben von den Fehlern ihres Vaters definiert wird."

Sie hatte nicht über all das reden wollen, warum also hatte sie es getan?

Weil sie eine Freundin brauchte? Vielleicht. Groll regte sich in ihrer Brust, darüber, dass sie überhaupt diesen inneren Dialog führte. Wenn Malcolm nicht so ein … nicht so schwach gewesen wäre, korrigierte sie sich, dann wäre all das nicht passiert.

Sie lächelte.

„Danke.“

„Du musst dich nicht bedanken. Dafür sind Freunde doch da, oder?“

„Ja“, nickte sie, und der Gedanke, hier eine Freundin zu haben, jagte eine starke und allumfassende Sehnsucht durch sie hindurch.

In diesem Moment schwang die Tür des Diners auf. Brice trat mit seinem Bruder Drake und ihrem Dad ein. Ihr Herz pochte. Die drei Männer ähnelten einander sehr: dunkle Haare, markante Züge und diese unglaublich grünen Augen schienen Merkmale zu sein, die sie von ihrem Vater geerbt hatten. Als sie Marcus Presley am Tag des Grasfeuers kennengelernt hatte, war ihr schon bewusst geworden, dass er immer noch ein überaus attraktiver Mann war. Genau wie sein Sohn.

Als Brice sie sah, kam er sofort auf sie zu. Ihr Herz begann zu rasen. *Beruhige dich.*

Warum hatte dieser Mann eine solche Wirkung

auf sie?

„Hallo Ladys, ich will nicht stören. Ich will nur feststellen, dass Dad angerufen und mich zum Mittagessen eingeladen hat. Darum bin ich hier, aber heute Nachmittag fahre ich wieder raus zu deinem Haus und mache fertig, was ich angefangen habe."

„Es ist meine Schuld, aber ich hoffe, es macht Ihnen nichts aus." Mister Presley lächelte sie an.

„Überhaupt nicht", sagte sie und ärgerte sich darüber, wie atemlos sie sich anhörte. Es war eindeutig ihr Herz, das Schuld daran war, dass sie sich anhörte, als hätte sie gerade den Mount Everest bestiegen. „Ich habe da sowieso nichts zu sagen – Brice und mein Vermieter haben das vereinbart."

„Brice sagt, dass Sie eine Pferdetherapiepraxis eröffnen? Sowas können wir gut gebrauchen, Sie dürfen also mit uns als Kunden rechnen."

Dankbarkeit wallte in ihr auf. Der Gedanke, Kunden gleich hier in der Nachbarschaft zu haben, um ihrem Geschäft eine Basis zu geben, war wunderbar. „Danke, das bedeutet mir viel. Ich werde mich selbstverständlich erkenntlich zeigen. Schnell eine

Kundenbasis zu haben ist unglaublich wichtig für mich." Sie war ehrlich und sah, dass Marcus Presley diese Ehrlichkeit zu schätzen wusste.

„Es ist mir ein Vergnügen, Ihnen zu helfen. Ich glaube, das Geschäft wird schnell wachsen, denn mit der Praxis füllen Sie eine Angebotslücke hier in der Gegend."

Seine Worte machten ihr Mut. „Das hoffe ich." Ihr Blick wanderte zu Brice.

„Das wird schon gut anlaufen. Entspann dich." Brice lächelte. Er sah dabei so sexy aus, dass er sie damit einen Moment lang ablenkte. Er beugte sich vor, als redete er nur mit ihr. „Dir und deinen Kindern wird es hier schon gut gehen."

Sie starrte ihn an, dankbar für den Zuspruch. Sie ertappte sich dabei, wie sie sich zu ihm vorbeugte. *Dieser Mann war so ... küssbar* – sie bremste sich und korrigierte den Gedankengang zu *ansprechend*. Sie wollte nicht an Küssen denken. Nein, sie musste an ihre Zukunft denken, an die Zukunft ihrer Kinder. Selbst in Gedanken einen Mann als köstlich oder küssbar zu bezeichnen war unangebracht und ungesund für sie.

„Danke", sagte sie leise. „Deine Zuversicht bedeutet mir viel."

Wieder zuckten seine sexy Lippen, und er sah sie mitfühlend an. „Gern geschehen." Er richtete sich auf. „Jenna, du bist an Bord, nicht wahr? Dad, komm, lass uns was essen gehen, damit die beiden sich weiter unterhalten können." Er zwinkerte ihr zu, dann wandte er sich ab und führte seinen Dad an einen Tisch auf der anderen Seite des Diners. Sie folgte ihm mit ihrem Blick, unfähig, sich abzuwenden.

„Mein Schwager ist schon ein Traummann, findest du nicht?"

Jennas Worte rissen Tara aus ihren Gedanken, und sie starrte sie an. Ihre Augen glitzerten verschmitzt, und Tara spürte die Hitze, die ihr ins Gesicht stieg. Leugnen zwecklos. „Ja, das ist er, aber–"

„Warte, lass mich raten. Du bist nicht interessiert. Das habe ich auch mal gesagt. Ich kann mich gut an die Wirkung erinnern, die Shane auf mich hatte. Ich hatte auch wirklich kein Interesse. Aber manchmal ist die Magie einfach zu wunderbar, um sie zu leugnen.

Ich habe es versucht. Glaub mir. Ich habe dagegen angekämpft, doch am Ende konnte ich nicht widerstehen." Sie trank einen Schluck von ihrem Tee und blickte zugleich ernst und glücklich drein.

„Ich kann widerstehen. Ich *muss* widerstehen." Das war die Wahrheit. *Was, wenn ... was, wenn er irgendetwas vor ihr verbarg? Was, wenn er irgendwann auch zum Alkoholiker wurde? Oder sonst ein Problem hatte, das ein neues Trauma für ihre Babys bedeuten könnte?* Tränen stiegen ihr in die Augen. „Ich kann nicht riskieren, dass er nicht ist, was er zu sein scheint. Ich kann einfach nicht."

Sofort legte Jenna ihre Hand auf Taras. „Schon gut. Entspann dich. Atme tief durch. Wenn es sein soll, dann wird es sein. Du brauchst offensichtlich Zeit, um über alles hinwegzukommen. Zeit, zu lernen, an dich zu glauben und an deine Fähigkeit, einen guten Mann von einem Verlierer unterscheiden zu können. Mir ging es nicht anders."

Tara war überrascht. „Du?"

Jenna nickte. „Ja, ich. Glaub mir, es wird alles gut. Du kommst schon wieder auf die Beine, und soweit ich das sagen kann, hat dieser Cowboy da drüben einen wirklich guten Charakter. Du musst deine eigenen Entscheidungen treffen. Doch wenn du den Rat einer Freundin annehmen kannst, kann ich ihn dir nur empfehlen. Er ist einer der Guten.“

Jennas Worte bestätigten ihren eigenen Eindruck. „Danke.“

„Oh, ihr beiden seid aber ins Gespräch vertieft.“ Gertie Goodnight kam mit einem Krug Eistee an ihren Tisch. „Lasst mich schnell eure Gläser auffüllen, und dann bringe ich euch Nachtisch aufs Haus, um Tara im Ort willkommen zu heißen.“

Die Eigentümerin des Diners war ein kleines Energiebündel, und Tara mochte sie vom ersten Moment an. Sie wurde schon vom Zusehen müde, wenn sie die kleine alte Dame bei der Arbeit beobachtete. Sie hatte Hilfe, doch sie bestand darauf, jedem Gast persönlich das Gefühl zu geben, zu Hause zu sein.

„Danke, aber das müssen Sie n–“

„Meine Liebe, das ist mein Diner und hier tue ich, was ich will. Und ich will, dass du diese süßen Kinder, von denen Sally Ann so geschwärmt hat, hierher bringst, damit ich sie auch verwöhnen kann."

„Das wird ihnen gefallen. Vielen Dank."

Und wieder bröckelte ein Stück der Mauer, die sie um ihr Herz gebaut hatte, angesichts der Freundlichkeit und Wärme, die ihr alle hier entgegenbrachten.

Brice ersetzte gerade ein paar der Bretter am Sockel des Stalls, als Tara und ihre Kinder nach Hause kamen. Das Holz, das er dazu brauchte, hatte er eingekauft, als er im Ort unterwegs gewesen war, nachdem er Mr. Leonard angerufen und ihm erklärt hatte, dass er die Sockel ausbessern konnte, wenn er das wollte. Der Eigentümer war begeistert gewesen und hatte Brice sofort grünes Licht gegeben.

Brice hoffte seinerseits, dass sich seine Mühe positiv auswirken würde, sobald sich Mr. Leonard dazu durchgerungen hatte, zu verkaufen. Vielleicht wollte der alte Mann aber auch nur, dass Tara es schön hatte. Das wollte Brice auch. Er wollte, dass es ihr hier gut ging. Ihre Miene, als sie ihm gesagt hatte, dass das Spa zu einem Erfolg werden musste, hatte ihn neugierig gemacht und in ihm das Bedürfnis geweckt, ihr zu helfen.

Er war zu dem Schluss gekommen, dass er akzeptieren musste, was auch immer Mr. Leonard entschied, denn es war sein Land, und der alte Mann konnte damit tun und lassen, was er wollte.

„Was machst du da?" Jed kam über den Hof auf Brice zu gelaufen.

„Ich tausche die Bretter hier unten aus, damit der Stall gut aussieht, wenn die Kunden deiner Mama ihre Pferde zur Therapie hierherbringen."

„Kann ich helfen?", fragte der Junge begeistert. „Sicher. Nimm den Hammer da. Wenn wir zusammenarbeiten, sind wir in Nullkommanichts fertig."

„Wirklich?"

„Klar, ich freue mich über jede Hilfe." Aus dem Augenwinkel sah er Tara, die ein paar Schritte entfernt stand und sie beobachtete. Es sah aus, als wollte sie die Unterhaltung nicht stören. Er beobachtete Jed, wie er losrannte und den Hammer von der Ladefläche seines Trucks nahm, der neben dem Stall parkte.

Mit dem Hammer in beiden Händen eilte Jed zu Brice zurück. „Hab ihn", sagte er atemlos vor Begeisterung.

Er war ein süßes Kind, und Brice gefiel, dass er arbeiten wollte, darum schlug er einen Nagel ein Stück weit ins Holz und lächelte Jed an. „Jetzt bist du dran."

Jed blickte zwischen dem Nagel und Brice hin und her. „Soll ich draufhauen?"

Brice schmunzelte. „Ja, nur zu. Aber versuch, einigermaßen zu zielen."

Mehr Zuspruch brauchte der Junge nicht. Er hielt den Hammer mit beiden Händen und schlug auf den Nagel ein. „Mama, schau, ich arbeite!", sagte er stolz, und schließlich trat Tara zu ihnen.

Sie begegnete Brice' Blick. „Danke, dass du dich darum kümmerst. Und danke dir, Jed, dass du ihm hilfst. Das machst du ganz großartig."

„Danke", sagte Jed, während er weiterarbeitete.

„Wirklich, danke", sagte sie zu Brice. „Ich hatte nicht damit gerechnet, dass du das heute erledigst.

Oder überhaupt. Ich bin dankbar, dass Mr. Leonard das veranlasst hat, auch wenn" – sie warf einen Blick auf Jed, als wollte sie sich versichern, dass er beschäftigt war, dann fuhr sie leiser fort – „du weißt schon, der potentielle *Verkauf*..." Sie sagte das Wort *Verkauf* so leise, dass er es von ihren Lippen ablesen musste.

Er nickte verständnisvoll. *Sollte er sein Angebot zurückziehen?* Doch die Tatsache, dass Mr. Leonard noch andere Angebote auf dem Tisch hatte, sagte ihm, dass es keinen Unterschied machen würde, wenn er seines zurückzöge. Wenn Mr. Leonard sich entschloss, zu verkaufen, würde sie so oder so ausziehen müssen, es sei denn, er verkaufte die Ranch an sie. Dann kam ihm der Gedanke, dass er irgendeinen Deal mit ihr aushandeln musste, falls *er* der Käufer war. *Könnte er ihr den Platz in der Scheune für ihre Praxis vermieten?* Doch dann fiel ihm ein, dass es trotzdem nur ein Wohnhaus gab und das ihr Umzugsproblem nicht lösen würde.

„Es ist nicht allzu viel, darum dachte ich mir, ich erspare ihm die Suche nach einem Handwerker. Außerdem sieht der Stall so besser aus, wenn deine

Kunden kommen."

Sie sah überrascht aus. „Danke."

„Gern geschehen. Dann kann's also losgehen?"

„Ja, wie schon gesagt ist das Becken ein in sich abgeschlossenes System und bereit, sobald es aufgebaut ist. Das Salzwasser ist gut für etwa dreitausend Behandlungen, und ganz ehrlich, mit so viel Geschäft rechne ich erst einmal nicht. Ich weiß, dass ich Zeit brauche, um mich zu etablieren." Sie lächelte.

„Vielleicht läuft es ja ganz schnell an – wer weiß? Es gibt jede Menge Pferde hier im County. Das dürfte sich ziemlich schnell rumsprechen."

„Das hoffe ich. Und ich freue mich, dass Jenna mir hilft. Aber ich muss mich jetzt ein bisschen um Paige kümmern. Sie hat neue Schätze aus dem Trödelladen mitgebracht und wollte sie in ihrem Zimmer haben. Sally Ann verwöhnt sie ganz schön." Sie lachte.

Ein seltsames Flattern erwachte in seiner Brust, als er sie lachen hörte und ihre schönen Augen leuchteten. „Mach dir keine Sorgen wegen Jed. Ich beschäftige ihn schon für eine Weile.“

„Danke, ich weiß es zu schätzen, dass du Zeit mit ihm verbringst. Abgesehen von meinem Dad hatte er bisher wenig männliche Gesellschaft, doch er sieht ihn nicht oft genug, als dass er sowas mit ihm machen würde.“ Traurigkeit huschte über ihr Gesicht.

„Gerne doch.“ Und es war die Wahrheit. Brice tat alles, was er für oder in Taras Nähe tun konnte, gerne. Als er ihr nachblickte, wippte ihr Haar bei jedem Schritt, und ihre Hüften schwangen sanft. Sie hatte etwas an sich, das ihn magisch anzog.

„Ist das gut so?“

Brice wirbelte herum, als ihm plötzlich bewusst wurde, dass er Tara angestarrt hatte. „Hey, ja, das sieht gut aus.“

„Danke, aber der Nagel ist krumm.“

Brice ging in die Hocke und betrachtete den Nagel, er war nicht ganz gerade, steckte aber fast ganz im Holz. „So lernst du es. Mit jedem Nagel wirst du besser werden.“

Jed sah ihn nachdenklich an. „Bist du auf eine Schule gegangen, um zu lernen, wie man das macht?“

Brice hätte fast gelacht, doch er bemühte sich um eine ernste Miene. „Ja, ich habe mein ganzes Leben auf der Ranch verbracht. Mein Dad hat ganz früh angefangen, mir und meinen Geschwistern beizubringen, wie man arbeitet."

Jeds Miene wurde traurig. „Ich wünschte, mein Dad hätte das auch getan."

Seine Worte trafen Brice tief. Sein Dad war immer für ihn da gewesen, doch seine Mutter war bei der Geburt seiner kleinen Schwester gestorben. Er hatte sich sein ganzes Leben lang gewünscht, dass auch sie dagewesen wäre. Es war nicht ihre Entscheidung gewesen, sie zu verlassen, doch nach dem, was er aus dem kurzen Gespräch mit Tara entnommen hatte, war Jeds Vater ein ausgesprochener Tunichtgut. Und so, wie es sich jetzt anhörte, hatte er nur wenig Zeit mit seinen Kindern verbracht.

„Ich weiß, das ist hart für dich. Aber ich hoffe, du arbeitest gerne mit mir, denn es macht mir wirklich Spaß, mit dir zu arbeiten."

Jeds Augen strahlten und er nickte. „Oh ja, es macht mir Spaß. Sehr sogar. Ich helfe dir jeden Tag, wenn du warten kannst, bis ich von der Schule nach Hause komme."

Brice hatte die Ausbesserungsarbeiten ganz schnell abschließen wollen, doch jetzt änderte er seinen Plan. „Deal. Für den Rest der Woche komme ich nach der Schule vorbei, dann arbeiten wir ein, zwei Stunden. So hast du immer noch genug Zeit, deine Hausaufgaben zu machen und vor dem Schlafengehen ein bisschen zu spielen. Wie hört sich das an?"

„Toll!"

Jeds begeistertes Strahlen traf Brice mitten ins Herz. Er tätschelte die Schulter des kleinen Jungen, doch eigentlich hätte er ihn gerne in den Arm genommen. „Dann haben wir einen Deal. Ich freu mich drauf. Dann lass uns jetzt weitermachen." Brice nahm ein Holzbrett und hielt es unterhalb des Bretts, das sie gerade festgenagelt hatten, an die Holzständer. „Kannst du es so festhalten, damit ich den ersten Nagel reinhauen kann?"

„Klar." Jed legte seine Hände neben Brice' und hielt das Brett gerade, während Brice zweimal auf den Nagel schlug und ihn halb ins Holz trieb, um es Jed leichter zu machen. „Jetzt bist du mit Hämmern dran, und ich halte das Brett."

„Okay", strahlte Jed, so begeistert, dass er beinahe gekichert hätte.

Es würde ein guter Tag werden.

Ein wirklich guter Tag.

„Brice…"

Taras Stimme hinter ihm klang leise und zögernd. Er war sich ihrer nur zu bewusst, als er sie über die Schulter ansah und ihr in die hübschen Augen blickte. „Hey", sagte er.

„Da du so nett bist, die Scheune zu reparieren, dachte ich, dass du vielleicht Lust hast, mit uns zu Abend zu essen? Es ist kein Festmahl, aber es ist das Mindeste, was ich tun kann, nach allem, was du für uns tust."

Sein Instinkt riet ihm, die Einladung nicht anzunehmen, und das wäre auch die intelligente Entscheidung gewesen, doch er wollte mehr über diese Frau, diese Familie und was sie durchgemacht hatten erfahren.

„Bitte bleib", drängte Jed neben ihm, Hoffnung in

der Stimme.

„Gerne“, sagte Brice.

„Jippieh!“, rief Jed.

Brice sah Tara an, und hatte fast den Eindruck, dass sie mit angehaltenem Atem gewartet hatte. „Wenn du mich dahaben möchtest.“

„Ja.“ Sie sah ihn mit Emotionen im Blick an, die er nicht verstand. „Das Essen ist in einer halben Stunde fertig, doch wenn ihr mehr Zeit braucht, kann ich es warmhalten, bis ihr zwei soweit seid.“ Sie drehte sich um und ging mit wiegenden Hüften über den Hof zurück zum Haus.

Wieder ertappte er sich dabei, wie er ihr hinterher starrte. Das wurde langsam zur Gewohnheit. Als er Jed hämmern hörte, drehte er sich um und beobachtete ihn bei der Arbeit. Nicht lange, und er würde Tara wiedersehen. Doch jetzt brauchte erst einmal dieser kleine Junge ein bisschen gute, altmodische Aufmerksamkeit.

„Gut gemacht. Den hast du ganz alleine reinbekommen.“

Jed strahlte stolz. „Jupp, ganz alleine.“

„Und gerade ist er auch noch. Wirklich gut gemacht. Jetzt bin ich dran. Ich kann dich ja nicht alles allein machen lassen."

„Ich freue mich, dass du zum Abendessen bleibst. Das wird lustig. Mama lässt manchmal das Essen anbrennen, aber das ist okay. Sie gibt sich Mühe. Und manchmal ist es richtig gut. Vielleicht ist es heute ja auch gut", kicherte er.

Brice lachte. „Da bin ich mir sicher." Er würde das Essen genießen, selbst wenn es verkohlt war.

KAPITEL ELF

Tara gab sich große Mühe, nicht daran zu denken, wie attraktiv Brice Presley war, als er ihr gegenüber am Küchentisch saß. Doch die unleugbare Wahrheit war, dass ihr ganzer Körper wegen seiner Stimme, der Herzlichkeit und des Interesses in seinem Blick summte, seit er das Haus betreten und den großen Raum mit seiner Präsenz gefüllt hatte.

Und dann waren da diese Momente, in denen sie noch etwas anderes in seinen Augen sah, etwas Warmes … zumindest machte es sie warm.

„Du bist lustig", kicherte Paige, als er versuchte,

eine Nudel mit Käsesauce von ihrem Teller zu stehlen.

„Und du bist eine ganz süße Maus. Du isst nicht, und ich habe Hunger."

Sie spießte die Nudel mit ihrer Gabel auf, steckte sie in den Mund und grinste beim Kauen. Brice schmollte und zupfte an einem von Paiges Zöpfen.

„Na, wenn du sie doch isst, muss ich mir eben Nachschlag holen."

Sie nickte und spießte die nächste Nudel auf. Er lachte und griff nach der Schale mit den Maccaroni mit Käse, während sein Blick dem von Tara begegnete. Sofort beschleunigte sich ihr Puls. Er zwinkerte ihr zu, nahm den Löffel aus der Schale und lud sich eine zweite Portion auf den Teller.

„Die sind köstlich. Im Ernst, wie hast du die gemacht?"

„Sie tut Frischkäse rein." Jed schob sich eine Gabel voll in den Mund.

„Er hat Recht. Das macht sie cremiger. Die Kinder lieben es. Damit mache ich es wieder gut, wenn ich anderes Essen anbrennen lasse."

„Ein kleines Vögelchen hat mir gezwitschert, dass

dir das manchmal passiert."

Sie lachte und warf ihren Kindern gespielt empörte Blicke zu und verharrte bei Jed, der grinste, als hätte er etwas zu verbergen. „Das Vögelchen warst du, nicht wahr? Ich hätte dein Hühnchen anbrennen lassen sollen, Mister."

Sein Kichern ließ eine Welle der Freude in ihr aufbranden. Ihr angespannter, verletzter kleiner Junge kicherte!

Ein Kloß wuchs in ihrem Hals. Brice hatte ihrem Kind gezeigt, dass er es wert war, Zeit mit ihm zu verbringen, und ihm seine ungeteilte Aufmerksamkeit geschenkt. Doch das Beste war, dass er so ausgesehen und sich auch so verhalten hatte, als hätte er wirklich Spaß gehabt, als sie am Stall gehämmert hatten. Sie hatte sie beim Kochen vom Küchenfenster aus beobachtet. Trotz ihres argwöhnischen Herzens wusste sie, dass sie Brice nicht weiter auf Armeslänge halten konnte. Nicht, dass sie gleich etwas mit ihm anfangen wollte, doch sie musste zugeben, dass er es verdient hatte, dass sie zumindest ein wenig freundlicher zu ihm war.

Doch die Emotionen, die in ihrem Kopf herumschwirrten, waren auch eine Warnung. Sie musste sehr vorsichtig sein, denn Brice gehörte zu der Sorte Mann, in den sich eine Frau Hals über Kopf verlieben konnte, wenn sie nicht vorsichtig war.

Das Abendessen war köstlich gewesen – trotz Jeds Warnung, dass sie öfter mal etwas anbrennen ließ, und er hatte die Zeit, die er mit der kleinen Familie verbracht hatte, genossen. Draußen wurde es langsam dunkel, als Tara ihm hinaus folgte. Er hatte Jed und Paige schon gute Nacht gesagt und versprochen, morgen zurückzukommen, um weiter am Stall zu arbeiten. Tara hatte sie spielen geschickt und gesagt, dass sie mit ihm reden wollte, bevor er ging. Jetzt waren sie allein, und er platzte fast vor Neugier.

Er blieb am Rand der Veranda stehen, doch sie überraschte ihn, als sie weiter in Richtung seines Trucks ging. Er folgte ihr.

Die Abendluft fühlte sich herbstlich an, kühl, und sie rieb sich die Arme, als sie vor der Fahrerseite des

Trucks stehenblieb und sich zu ihm umdrehte.

„Ich konnte dich nicht gehen lassen, ohne dir von Herzen für das zu danken, was du heute Nachmittag getan hast.“

„Die paar Bretter tausche ich doch gerne für dich–“

„Nein“, unterbrach sie ihn mit heiserer Stimme. „Das meine ich nicht. Ich meine dafür, dass du Zeit mit Jed verbracht hast. Das hat er so dringend gebraucht.“

Brice konnte so viel Emotion in ihrer Stimme hören, und er hatte es während des Essens in ihren Augen gesehen. Er hatte bemerkt, dass sie ihm anders begegnete, und er hatte bereits vermutet, dass es etwas mit Jed zu tun hatte.

„Darf ich fragen warum? Er hat seinen Dad kurz erwähnt, und was er gesagt hat, hat sich so angehört, als hätte er nicht viel Aufmerksamkeit von ihm bekommen.“

Sie holte tief Luft und nickte. „Hat er auch nicht. Hast du je jemanden gekannt, der sich ins genaue Gegenteil der Person verändert hat, für die du ihn gehalten hast?“

„Ich denke, die meisten Leute können das zumindest zu einem gewissen Grad bejahen. Doch viele trauen sich nicht, das laut auszusprechen, weil es jemand ist, den sie geliebt oder geheiratet haben. Das meinst du doch, oder?" Er wusste, dass sie geschieden war, und hatte angenommen, dass etwas ganz fürchterlich schiefgegangen sein musste, darum überraschte ihn ihre Frage nicht.

„Du hast Recht. Es ist furchtbar, wenn man sich bewusst wird, dass man jemanden so dermaßen falsch eingeschätzt hat. Mein Exmann hat während unserer Ehe angefangen, immer mehr zu trinken, und noch mehr, nachdem Jed zur Welt gekommen war. Er hat ihm nie echte Aufmerksamkeit geschenkt. Es kam mir so vor, als hätte er es bereut, Kinder in die Welt gesetzt zu haben. Als ich mit Paige schwanger wurde, war unsere Ehe schon ziemlich kaputt, und wir haben uns scheiden lassen, als sie zwei war. Es war eine schwere Scheidung, und er hat sich quergestellt, wo immer er konnte, auch wenn seine Trinkerei ein Teil des Problems war. Ich habe mich nicht mehr sicher gefühlt und hatte Angst um meine Kinder, darum musste ich einfach handeln.“

„Das tut mir so leid für dich. Und für die Kinder. Dann hast du also die Scheidung eingereicht?“ Er hoffte, dass sie ihn verlassen hatte. Dass sie nicht geblieben und verletzt worden war. Er hoffte inständig, dass er ihr keine körperliche Gewalt angetan hatte. Als sie nickte, war er erleichtert.

„Ja, und die ersten eineinhalb Jahre durfte er die Kinder nicht ohne Aufsicht sehen, doch dann hat der Psychologe ihn als rehabilitiert eingestuft. Zu dieser Zeit hat er sie nicht oft gesehen und es darauf geschoben, dass er immer Termine ausmachen musste, damit ihn jemand begleitete, während er seine Kinder besuchte. Er hat eine Therapie gemacht und galt als rehabilitiert. Da war mehr, doch das ist die Kurzfassung. Das Gericht hat ihm dann das Recht eingeräumt, die Kinder einen Tag pro Woche zu sich zu holen. Ich habe heute mit Jenna darüber gesprochen… Er hat mit den Kindern im Auto einen Unfall gebaut und dabei den Fahrer des anderen Wagens getötet. Meine Kinder mussten von der Feuerwehr aus dem Fahrzeug geschnitten werden. Es war furchtbar – für alle Beteiligten. Das Schlimmste war jedoch, dass die Kinder nicht mit ihm hatten gehen wollen. Es war das erste Mal allein mit ihm, und ich hatte sie auch nicht gehen lassen wollen, doch ich hatte keine Wahl. Er hat alle hinters Licht geführt, und Jed hat später erzählt, dass er die ganze Zeit, als sie bei ihm waren, getrunken und von Jed verlangt hat, niemandem davon zu erzählen. Und beinahe hätte er nicht die Gelegenheit dazu bekommen." Sie erschauerte und wischte sich über das Gesicht. „Er sitzt jetzt im Gefängnis, und ich bin hergekommen, um von alledem Abstand zu gewinnen und den Kindern einen Neuanfang zu ermöglichen."

Sie erschauerte erneut, und allein schon beim Gedanken daran wurde ihm übel. Das war furchtbar. Er hatte nicht einmal ansatzweise vermutet, dass die Geschichte so tragisch sein würde. Für die Familie, die wegen eines betrunkenen Fahrers einen geliebten Menschen verloren hatte, und für sie – von dem Trauma, beinahe ihre Kinder verloren zu haben ganz zu schweigen. Und für die Kinder... Er staunte, dass sie so normal waren.

„Ich bin sprachlos." Und das war er. Er wollte sie in seine Arme ziehen und sie einfach nur festhalten. Und ihre Kinder … sie wollte er auch trösten. Dieses Gefühl war stärker als alles, was er seit dem Tod seiner Mutter empfunden hatte. „Was kann ich tun, um dir zu helfen?"

Sie wurde ganz still und sah ihn im schnell schwindenden Licht an. „Ich hatte nicht vorgehabt, irgendjemandem meine Geschichte zu erzählen, doch ich habe erst mit Jenna und jetzt mit dir darüber gesprochen, weil ich das Gefühl habe, euch vertrauen zu können. Und … ja, du gibst meinen Kindern so viel Wärme, und sie sprechen darauf an. Ich habe es für wichtig gehalten, dass du weißt, wie zerbrechlich sie sind und was sie durchgemacht haben. Nicht, damit du Mitleid mit ihnen oder mir hast, sondern damit du verstehst, was deine Wärme und Aufrichtigkeit uns bedeuten. Darum wollte ich dir danken."

Er musste all seine Willenskraft aufbringen, sie nicht an sich zu ziehen. „Du musst mir nicht danken. Deine Kinder – alle Kinder – verdienen Wärme. Ich habe jede Minute, die ich heute hier verbracht habe, genossen. Und wenn es irgendetwas gibt, das ich tun kann, um euch mehr zu helfen, sag es bitte."

Sie blinzelte ein paarmal, dann schluckte sie, und ihm wurde bewusst, dass sie gegen die Tränen ankämpfte. „Danke."

Es war kaum mehr als ein Flüstern, da sie mit ihren Emotionen rang, während er mit sich rang, sie nicht in den Arm zu nehmen. „Du bist nicht allein hier."

Sie schloss die Augen und ließ seine Worte auf sich wirken. „Ich fange an, das zu sehen."

Dann hob er seine Hand und strich mit den Fingerspitzen über ihre Wange. „Wir sind auf eurer Seite."

Sie sahen einander in die Augen, und die Luft verdampfte. Er beugte sich vor, magisch angezogen. Dann riss er sich zusammen und richtete sich abrupt auf. „Ich muss los. Aber wenn du irgendetwas brauchst, rufst du mich an, okay?"

„Du musst dich nicht für mich verantwortlich fühlen, und ich habe dir das nicht gesagt, um–"

Er ging auf sie zu. „Ich weiß, dass ich das nicht

muss. Aber wenn du irgendwas brauchst, rufst du mich an. Ich meine es so. Versprochen?"

Sie starrten einander an, dann nickte sie. „Versprochen."

Als er die Tür zu seinem Truck öffnete und einstieg, hatte er das Gefühl, als befände sich sein ganzes Leben im Umbruch. Er warf einen Blick in ihre Richtung und glaubte, so etwas wie Sehnsucht in ihren Augen zu erkennen. Beinahe wäre er wieder aus dem Wagen gesprungen, um zu ihr zu eilen und sie zu halten, wie er es schon den ganzen Abend hatte tun wollen. Doch stattdessen schlug er die Tür zu und lächelte. Er ließ den Motor an, sah sich um, um sich zu vergewissern, dass niemand auf dem Hof war, winkte ihr noch einmal zu und fuhr los.

Auch wenn er das nicht wollte.

Ganz und gar nicht.

Tara blickte Brice nach und wünschte sich von ganzem Herzen, dass er sie in den Arm genommen hätte. Das hätte sie nicht wollen sollen, doch sie wollte es. So sehr. Sie konnte immer noch das Prickeln auf ihrer Wange spüren, wo seine Fingerspitzen ihre Haut versengt hatten. Alles an ihm zog sie an. Sie zwang sich, über den Hof zu ihrem Haus zu gehen, wo die Lichter in der Dunkelheit strahlten. Ihre süßen Kinder waren da drin. Ihr Herz. Ihr Leben. Sie waren alles, was sie brauchte.

Sie waren alles, was sie brauchen wollte.

Doch Brice Presley hatte sie überrascht. Das musste der Grund sein, weswegen sie plötzlich diese verrückte Idee hatte, ihn zu wollen. Ihn in ihrem Leben zu wollen.

Und das machte ihr Angst.

Konnte sie je zulassen, wieder einen Mann an ihrem Leben und dem Leben ihrer Kinder teilhaben zu lassen?

Nicht irgendeinen Mann. Brice.

Sie öffnete die Tür und betrat das Haus. Es war Zeit, die Kinder zu baden und sie beim Vorlesen der obligatorischen Gutenachtge-schichte zu kuscheln. Hoffentlich würde dann auch ihr gesunder Menschenverstand zurückkehren und sie aufhören, an

Brice zu denken. Sie musste sich daran erinnern, dass er der Mann war, der versuchte, ihr die gerade erst gefundene Sicherheit dieser Ranch wegzunehmen.

Doch so sehr sie sich auch bemühte, es fiel ihr furchtbar schwer.

Marcus ging auf dem Gehsteig vor der Notaufnahme auf und ab und rang mit sich, ob er hinein oder nach Hause gehen sollte. Seine Brust wurde eng, und er warf einen Blick zum Eingang, wo gerade ein Krankenwagen vorgefahren war. Sie luden einen Patienten auf und schoben die Fahrtrage hinein, darum ging er davon aus, dass sie damit beschäftigt sein würden, ein Leben zu retten. Er wollte sie nicht dabei stören, nicht im Weg stehen. Er hatte Karla gesehen, die starke, selbstbewusste Karla, die dabei geholfen hatte, den Patienten in die Notaufnahme zu bringen, und sein Herz hatte bei ihrem Anblick geschmerzt. Er rieb sich mit der Hand die Brust und ging weiter auf und ab. Er würde noch ein paar Minuten warten. Er ging am Parkplatz entlang und ließ seine Gedanken zu der Zeit, die er mit Karla verbracht hatte, wandern. Er musste mit ihr reden. Ihr erklären, was passiert war. Wieder kam er zum Gehsteig vor der Notaufnahme. Der Krankenwagen parkte immer noch da. Er nahm seinen Hut vom Kopf und klopfte ihn gegen seinen Oberschenkel, während er überlegte, was er tun sollte.

„Marcus, bist du das?"

Er wirbelte herum und sah Karla ein Stück weiter auf dem Parkplatz stehen. „Ja, aber du warst gerade da drin und hast einem Patienten geholfen. Wie kommst du denn jetzt hierher?"

Sie sah großartig aus, selbst in pinkfarbener OP-Kleidung sah ihre zierliche Figur perfekt aus. Er hatte sie vermisst.

„Ich bin gerade gegangen und war auf dem Weg zu meinem Wagen, doch ich habe meine Schlüssel fallen lassen. Du warst noch nicht da, als ich mich gebückt habe, doch jetzt bist du hier. Wie bist du hierhergekommen?" Er rieb sich die Brust, denn der Schmerz wurde stärker, als er sie ansah.

„Ich ... ähm ... bin zum Ende des Parkplatzes gegangen und dann wieder zurück. Wir müssen uns wohl knapp verpasst haben."

Sie lächelte. „Das macht einen großen Teil unseres Problems aus. Bist du okay?"

„Ja ja. Ich hab dich vermisst." Seine Stimme war rau.

„Warum reibst du dir die Brust?" Sie kam zum Ende der Reihe von Autos, die sie trennte. „Tut dir was weh?"

„Ein bisschen Sodbrennen. Aber hauptsächlich ist es–"

Sie war sofort an seiner Seite und sah ihn besorgt mit den Adleraugen einer erfahrenen Krankenschwester an. „Deine Hautfarbe ist okay." Sie legte ihre Finger um sein Handgelenk und starrte auf die Uhr an ihrem anderen Arm, um seinen Puls zu messen. Ihr sanft geschwungenes Profil und die Berührung ihrer Finger ließen seinen Puls rasen.

„Es ist kein Herzinfarkt, der mich hergebracht hat, Karla. Es sind Herzschmerzen. Deinetwegen."

Sie hob abrupt den Kopf und starrte ihn an, und einen kurzen Moment lang sah er ihre Verletzlichkeit. Und den Schmerz.

„Du hast keine Brustschmerzen?" Ihre Worte waren sanft, aber knapp.

„Nicht so, wie du meinst. Ich habe hier draußen gestanden und den besten Moment abgewartet, reinzukommen und mit dir zu reden. Doch es war viel los heute Abend, und ich wusste, dass du keine Zeit haben würdest, da heute deine Schicht in der Notaufnahme ist war."

„Du warst die ganze Zeit hier draußen?"

„Ja." Er kam sich wie ein Idiot vor. Er war ein neunundfünfzigjähriger liebeskranker Cowboy, der nicht wusste, wie er der Frau vor ihm sagen sollte, dass er nicht länger ohne sie leben wollte.

Karla ließ sein Handgelenk los und wich zurück. „Du kannst das nicht tun, Marcus. Ich versuche, über uns hinwegzukommen, und das musst du auch dringend."

„Warum versuchst du, über uns hinwegzukommen? Warum hast du mich plötzlich ausgesperrt?"

Ihre Augen wurden einen Moment weich, dann schien sie sich zu zwingen, hart zu bleiben. „Weil du mich nie wirklich reingelassen hast. Ich kann das nicht. Ich bin eine starke, fähige Frau, und ich kann nicht zulassen, dass mich mein dummes Herz in ein liebeskrankes Hündchen verwandelt, das darauf wartet, dass du dich entscheidest, ob ich wirklich jemals ganz ein Teil von dir sein darf. Ich will nicht nur ein Stück von deinem Herzen. Ich will es ganz. Ich verlange nicht von dir, dass du Eva aufgibst, doch ich muss das Gefühl haben, dass meine Liebe dir genauso wichtig ist, wie ihre es war. Ja, ich habe dich ausgesperrt, aber nur, weil du mich zuerst ausgesperrt hast, und du scheinst es nicht einmal bemerkt zu haben." Sie ging los und nahm sein Herz mit sich.

„Karla, ich liebe dich."

Sie blieb stehen, ohne sich umzudrehen, doch bevor er ihr folgen konnte, um sie in seine Arme zu ziehen, ging sie weiter. Und diesmal blieb sie auch nicht stehen, als er ihren Namen rief.

KAPITEL ZWÖLF

Am Freitag nagelten Brice und Jed das letzte Brett an den Stall. Er war die letzten vier Abende vorbeigekommen und hatte mit Jed an den Nebengebäuden gearbeitet. Er hatte jeden Moment mit dem Jungen genossen: Jed sehnte sich nach Lob und verdiente es sich auch, denn er arbeitete hart und lernte schnell. Während ihrer gemeinsamen Arbeit hatte er erfahren, dass Jed sich ein eigenes Pferd wünschte und dass seine Mom ihm versprochen hatte, ihm eines zu kaufen.

Er würde dafür sorgen, dass Jed ein Pferd bekam.

„Wir sind fertig." Jed ließ den Hammer sinken, während er stolz den Sockel des Stalls betrachtete.

„Ja, das sind wir. Das hast du wirklich gut gemacht. Ich bin sehr stolz auf dich."

„Ich auch." Tara kam mit Paige aus dem Stall. „Sieht wirklich toll aus."

„Jetzt müssen sie nur noch gestrichen werden, aber vielleicht kann ich das nächste Woche machen. Ich könnte dabei aber auch einen Helfer gebrauchen, natürlich nur, wenn du magst."

„Oh ja!" Jed zögerte keinen Moment.

„Gut. Und um den erfolgreichen Abschluss der Arbeit zu feiern, dachte ich mir, wir könnten alle rüber auf die Ranch fahren und uns die Mustangs ansehen?"

„Ja!", krähten beide Kinder sofort.

Tara lachte. „Wie kann ich bei so viel Begeisterung nein sagen? Gerne."

„Großartig. Dann kann ich dir auch ein paar Pferde vorstellen, die ich gerne morgen zur Behandlung vorbeibringen würde – natürlich nur, wenn du schon bereit bist, loszulegen."

„Das bin ich. Ja, das wäre schön."

Er mochte ihre zufriedene Miene angesichts der Idee. „Perfekt. Dann alle Mann ab in meinen Truck." Die Kinder rannten voraus zu seinem Truck, und er beobachtete, wie Jed die Tür öffnete und Paige beim Einsteigen half.

„Wir brauchen Paiges Kindersitz." Tara ging zu ihrem Truck, und er folgte ihr. „Ich hole ihn schnell."

„Ich helfe dir – oder vielleicht kannst du mir zeigen, wie man ihn befestigt. Ich habe noch nie so ein Ding benutzt."

Sie griff über den Sitz und er bemühte sich, ihre hübschen Kurven nicht allzusehr anzustarren. Es dauerte nur einen Moment, bis sie den Sitz aus der Verankerung gelöst hatte und ihn aus dem Truck zog.

„Lass ihn mich zumindest tragen."

Sie lächelte. „Okay, mach nur."

Auf dem Weg zu seinem Truck sagte Tara: „Ich bin auf der Suche nach einem Pferd für Jed. Glaubst du, ein Mustang wäre ein gutes Pferd für ihn?"

Er lächelte. „Die Idee hatte ich auch schon. Ich habe da einen ganz Bestimmten im Auge, der zu unserem Adoptionsprogramm gehört. Lass uns sehen, wie er auf Jed reagiert."

„Das wäre schön."

Ein paar Minuten später hielt er den Truck neben dem Stall an. Sobald er den Motor abgestellt hatte, kletterten die Kinder aus dem Wagen.

„Nicht rennen!", rief Tara, als sie die Kinder auf den Stall zurennen sah. Beide blieben stehen.

„Mama, wir sind aufgeregt!", sagte Paige und hüpfte auf der Stelle.

„Ihr könntet damit die Pferde erschrecken", warnte Tara, und prompt gingen beide Kinder leise weiter.

„Oh, hallo", sagte Drake, der gerade aus dem Stall kam. „Wollt ihr zwei unser neustes Fohlen sehen? Er ist gerade erst zur Welt gekommen."

„Das muss gerade passiert sein", erklärte Brice. „Sie hat beunruhigt ausgesehen, als ich vorhin zu dir gefahren bin."

„Dann lass uns zu ihr gehen." Tara sah genauso begeistert aus wie ihre Kinder.

„Na dann, mir nach", sagte Drake und alle folgten ihm in den Stall zur letzten Box, wo das neugeborene

Fohlen wackelig auf dünnen Beinchen herum stakste.

Brice stand neben Tara und beobachtete die Stute und das Fohlen. Sein Arm streifte ihren, doch er konnte sich nicht überwinden, zurückzutreten. Die simple Berührung hatte ihn Wurzeln schlagen lassen. Die ganze Woche hatte er gegen die Anziehung angekämpft, die von ihr ausging. Und er spürte, dass sie sich bemühte, zu leugnen, dass da etwas zwischen ihnen wuchs. Jetzt wartete er darauf, dass sie sich zurückzog, doch das tat sie nicht. Und als er zu ihr hinabblickte, blickte sie langsam zu ihm auf. Ihr Blick war warm, als er seinem begegnete.

„Er ist schön", sagte sie leise.

Drake war in die Hocke gegangen, um die Fragen der Kinder zu beantworten, und gewährte Brice und Tara damit einen privaten Moment. Brice nickte. „Willst du dir das Pferd ansehen, das ich dir gerne morgen zur Behandlung bringen würde?"

Sie nickte.

„Wir sind in ein paar Minuten zurück", sagte er zu Drake, dann zwang er sich, die Berührung zu beenden, und ging ihr voraus zur ersten Box des Stalls. Er öffnete die Tür und ließ sie eintreten. Das Pferd stand ganz ruhig da und beobachtete sie. „Er ist ein gutes Pferd, ruhig und entspannt. Er ist auch das Pferd, das ich mir gut für Jed vorstellen könnte. Ich glaube nicht, dass sein derzeitiges Knieproblem chronisch ist."

„Ein schönes Pferd." Sie ging auf das Pferd zu, und ihm fiel auf, wie natürlich sie mit dem Tier umging. Sie war definitiv Pferde gewohnt. Er beobachtete, wie sie ruhig auf das Tier einredete und dabei sanft sein Vorderbein hinunter zu seinem entzündeten Knie strich. Sie tastete es vorsichtig ab und redete dabei weiter auf das Tier ein.

„Da kann ich definitiv helfen. Wir können die Hitze rausnehmen und was gegen die Schwellung tun. Eine Behandlung mit gekühltem Wasser dürfte da schon viel verbessern."

„Dachte ich mir auch."

Als sie sich aufrichtete, sah sie ihn ernst an. „Wie viel soll er kosten? Ich glaube auch, dass er ein gutes Pferd für Jed wäre. Er ist sehr sanft und hat nicht einmal gezuckt, als ich ihn angefasst habe."

„Er kostet nichts. Er ist im Adoptionsprogramm.

Wenn du ihn willst, gehört er dir. Alles, was wir wollen, ist, dass er ein gutes Zuhause bekommt."

„Wirklich?"

Er lächelte. Das Staunen in ihrem Gesicht gefiel ihm. „Ja, wirklich."

Ihre Augen strahlten. Sie trat auf ihn zu und schlang spontan die Arme um ihn. Sofort erstarrten beide.

Sie blickte zu ihm auf, und er starrte einfach auf sie hinunter und kämpfte gegen den Wunsch an, sie fest an sich zu drücken und sie zu küssen. *Guter Gott, war sie schön.*

„Ich kann nicht fassen, wie gut du zu uns bist", sagte sie leise und ließ die Arme sinken, bevor sie zurückwich.

Unfähig, sich zu beherrschen, tat er, was er schon die ganze Zeit hatte tun wollen. Er schlang seine Arme um sie und zog sie an sich. „Tara, ich wünsche mir, dass du aufhörst, so zu tun, als hättest du es nicht verdient, dass jemand gut zu dir ist. Du hast es genauso verdient wie deine Kinder. Doch das … das hier… zwischen uns…" Er fürchtete, dass er im Begriff war, seine Chancen zunichte zu machen, doch er konnte nicht anders. Er senkte den Kopf und küsste zärtlich ihre Lippen. Nur kurz, doch das Versprechen von so viel mehr, was er wollte, doch er zügelte seine Gefühle, denn er wusste, dass es auf lange Sicht für ihre Beziehung wichtig war, sie nicht zu verschrecken. „Du hast es verdient, dass dich jemand richtig behandelt. Du bist eine wirklich gute Frau."

Ihre Hände waren zu seinen Hüften gewandert, ruhten dort und brannten durch seine Kleider. Er spürte, wie sich ihre Finger einen Moment lang anspannten, bevor sie losließ. „Ich weiß nicht, was ich sagen oder wie ich reagieren soll", flüsterte sie.

Das ferne Geplapper ihrer Kinder und Drakes Stimme versicherten ihnen, dass sie sicher vor neugierigen Blicken waren. „Ich weiß auch nicht, wie ich auf dich reagieren soll, abgesehen davon, dass es mir immer schwerer fällt, dir zu widerstehen."

In diesem Moment sah sie sehr verletzlich aus. „Ich muss an meine Kinder denken, Brice. Ich kann nicht zulassen, dass ihnen nochmal jemand wehtut, und ich–"

Er hielt sie fester. „Ich verstehe. Aber du musst dir bewusst machen, dass ich nicht dein Ex bin. Ich bin nicht der Typ Mann, der dir so etwas antun würde. Das ist nicht der richtige Ort für das hier, aber wenn du mich einen Babysitter für die Kinder organisieren lässt, würde ich dich gerne auf ein Date einladen, damit wir uns besser kennenlernen können."

Sie holte scharf Luft. „Ein Date?"

Er hätte beinahe gelacht. „So funktioniert das normalerweise."

Sie wurde rot. „Tut mir leid. Ich habe nicht an Daten gedacht. Du hast mich überrascht."

Er strich ihr eine Haarsträhne hinters Ohr und liebte, wie sich ihre Haut anfühlte. „Bitte sag ja."

Sie sah ihn geschockt an, doch dann nickte sie. „Okay, aber ich verspreche nichts."

„Ich erwarte auch nichts von dir. Ich möchte nur allein mit dir sein." Er ließ sie los, als Drakes Stimme lauter wurde, als wollte Drake sie warnen, dass sie gleich nicht mehr allein sein würden. Als die Kinder die Box erreichten, standen sie einen Schritt voneinander entfernt und untersuchten das Pferd.

Er war ein erwachsener Mann, doch sein Herz pochte, als wollte es seine Brust sprengen. Er hatte ein Date mit Tara und fühlte sich wie ein Kind am Weihnachtsmorgen.

Sie hatte einem Date mit Brice zugestimmt. Warum hatte sie das getan?

Tara wich von Brice zurück. Sie brauchte Raum und durfte nicht verwirrt wirken, wenn ihre Kinder in die Box kamen. Doch sie war aufgewühlt. Ihre Haut war erhitzt.

Jed trat durch die Tür und kam fast ehrfürchtig in die Box. Drake blieb mit Paige in der Tür stehen.

„Wow", sagte Jed leise, während er den Mustang anstarrte. „Ist der schön."

Dankenswerterweise hatte er sich auf das Pferd und nicht auf sie konzentriert, denn sie bemühte sich verzweifelt, nicht zu zeigen, wie nervös sie plötzlich war.

„Er ist toll, nicht wahr?", sagte Brice lächelnd und streichelte das Pferd. „Willst du mir helfen, ihn zu striegeln? Ich bin noch dabei, ihn zuzureiten, doch er ist ganz brav, darum kann ich dich schon zu ihm lassen."

„Oh ja, bitte." Jed nahm den Striegel, den Brice ihm entgegenhielt. „Soll ich seine Flanke striegeln oder den Hals?"

„Egal, schau nur, dass du ihn gleichmäßig striegelst und keine plötzlichen Bewegungen machst. Wir wollen, dass er sich in unserer Gegenwart wohl fühlt. Es war gut, dass du langsam in die Box gekommen bist, anstatt reinzustürmen."

„Danke, ich will ihm auch keine Angst machen. Ich will lernen, Pferde zu trainieren."

„Ich weiß. Das hast du mir schon erzählt, als wir am Stall gearbeitet haben. Wenn deine Mom sagt, dass das okay ist, solltest du anfangen rüberzukommen und mir bei der Arbeit mit den Pferden helfen."

„Wirklich? Das würdest du mich tun lassen?"

„Wenn deine Mom einverstanden ist. Du hast gezeigt, dass du arbeiten kannst. Und du hast Durchhaltevermögen bewiesen, darum glaube ich, dass du verlässlich bist."

Jed sah ihn fragend an. „Verlässlich?"

Brice lächelte. „Das heißt, dass ich darauf zählen kann, dass du kommst."

„Oh ja, das kannst du. Darf ich, Mama?" Jed sah Tara mit einer erwartungsvollen Miene an, die ihr Herz berührte. Sie liebte ihn so sehr, und als sie ihn so begeistert sah, hätte sie am liebsten die Arme um Brice' Hals geworfen und den Mann zu Tode umarmt dafür, dass er dieses Strahlen auf das Gesicht ihres Sohnes gezaubert hatte.

„Ja, ich glaube, das würde dir guttun. Du kannst etwas über Pferde lernen, Verantwortung übernehmen, und Spaß macht es auch. Ich denke, das ist eine großartige Idee."

Jed strahlte. „Danke, Mama. Ich würde dich ja jetzt umarmen, aber ich will das Pferd nicht erschrecken."

Sie schmunzelte. „Du lernst schnell, soviel ist sicher." Ganz automatisch blickte sie zu Brice auf, und als ob sie ihn magisch anzog, wanderte sein Blick von Jed zu ihr. Eine elektrische Anziehung knisterte zwischen ihnen, und er konnte nur hoffen, dass niemand außer ihr sie bemerkte. Sie wagte nicht, in Richtung seines Bruders zu blicken, aus Angst, dass er vielleicht sehen könnte, welche Wirkung Brice auf sie hatte. Stattdessen konzentrierte sie sich auf das Pferd und dann auf Paige. „Willst du auch reinkommen und das Pferd streicheln? Komm ganz langsam zu mir rüber, dann helfe ich dir."

Als hätte Paige nur auf diese Einladung gewartet, kam sie auf Zehenspitzen zu ihr geschlichen. „Ich mag ihn. Wie heißt er?", fragte sie Brice, während sie einen Arm um Taras Beine schlang.

„Ich habe ihm noch keinen Namen gegeben, aber vielleicht können wir uns ja zusammen einen perfekten Namen überlegen. Wie wäre es, wenn du und Jed ein bisschen darüber nachdenkt, und in ein paar Tagen geben wir ihm dann einen Namen?"

„Okay. Kann ich auch helfen?", fragte Paige hoffnungsvoll.

Tara bemerkte die Verunsicherung, die über Brice' Gesicht huschte, bevor er vor Paige in die

Hocke ging.

„Wie wäre es damit. Wenn deine Mom kommt, um Jed abzuholen, wenn er hier ist, kannst du mir helfen, die Pferde zu füttern. Und wenn deine Mom damit einverstanden ist, darfst du auch eins reiten."

Plötzlich fühlte sich Tara verflochten mit ihm. Sie konnte nicht nein sagen, ohne Paige zu enttäuschen. Sie machte Brice keinen Vorwurf daraus, er versuchte nur, die Wünsche ihrer Kinder zu erfüllen. Und dafür war sie ihm eher dankbar als irritiert, dass sie nicht nach Hause fahren und Distanz zu ihm herstellen konnte.

„Das ist so nett von dir. Ja, das ist okay."

Paige warf ihre Ärmchen um Taras Beine und drückte sie ganz fest. „Danke, Mama." Dann wirbelte sie herum und fiel dem vollkommen überraschten Brice um den Hals. Einen Moment hockte er noch vor ihr am Boden, im nächsten lag er rücklings im Heu, die kichernde Paige auf seiner Brust. Alle lachten. Das Pferd wich zur Seite aus, erschrocken, aber zum Glück nicht allzu beunruhigt.

„Whoa", sagte Brice und lächelte das Mädchen an, das kichernd auf seiner Brust saß. „Du hast mich umgeworfen."

„Das wollte ich nicht."

Jed kam herüber und streckte Brice die Hand entgegen. „Soll ich dir aufhelfen?"

Drake lachte leise neben Tara, und sie warf ihm einen Blick zu. Er war in die Box gekommen und beobachtete seinen Bruder scheinbar zufrieden. „Umgeworfen von einem kleinen Mädchen. Du wirst weich, kleiner Bruder."

Brice lächelte zu ihm auf und ergriff Jeds ausgestreckte Hand. „Da könntest du Recht haben." Er half Paige aufzustehen, bevor er sich selbst aufrappelte und Jed dabei das Gefühl gab, dass er ihm tatsächlich aufhalf. „Danke, Kumpel. Deine Schwester hat mich umgeworfen wie eine Bowlingkugel einen Kegel."

Paige kicherte. „Das war gar nicht schwer."

Während Tara ihre Kinder beobachtete, erwachte eine leise Hoffnung in ihr, dass sie wieder glücklich werden könnten. Doch dann musste sie die plötzliche

Angst, dass Brice sie verletzen könnte, wenn sie ihn zu nahe an sich heranließ, vehement verdrängen. Sie schob den Gedanken in den Hintergrund. Später, wenn sie allein war, würde sie genug Zeit haben, über ihre Gefühle und Ängste nachzudenken. Doch für den Moment wollte sie einfach ihre Kinder beim Glücklichsein beobachten, denn das waren sie gerade.

KAPITEL DREIZEHN

Zu Taras Überraschung und großer Freunde begann ihr Handy zu klingeln, und sie buchte die ersten Termine für mehrere Pferde in ihrem Spa. Natürlich war sie noch nicht annähernd ausgebucht, doch diese ersten Termine nächste Woche gaben ihr Hoffnung, dass bald mehr folgen würden. In den nächsten Tagen konzentrierte sie sich auf ihre Arbeit und die Kinder und versuchte, nicht zu viel über die Tatsache nachzudenken, dass sie am Wochenende ein Date mit Brice hatte.

Am ersten Tag, als sie Jed zu Brice gebracht hatte,

war sie sich ein bisschen unbehaglich vorgekommen, doch Brice hatte es mit keinem Wort erwähnt, als er Jed von ihrem Truck abgeholt hatte. Als sie dann wieder zurückgekommen war, um ihren Sohn abzuholen und Paige helfen zu lassen, war ihre gemeinsame Zeit mit Brice vom begeisterten Geschnatter der Kinder über mögliche Namen für den Mustang geprägt gewesen. Der nächste Tag war ähnlich. Sie bemühte sich, nicht zu unachtsam zu werden, doch es war einfach schwer, diesem Mann zu widerstehen, und sie fand es schön, ihn mit ihren Kindern interagieren zu sehen. Er war geduldig und ging süß mit ihnen um, und ihre Kinder genossen jeden Moment mit ihm. Sie schliefen immer besser, und sie schrieb das der Tatsache zu, dass sie etwas Aufregendes hatten, das sie beschäftigte. Und all das hatte sie Brice zu verdanken.

Das machte sie auf ungewollte, aber unleugbare Art und Weise weicher.

Sie versuchte, sich zu zwingen, vorsichtig zu bleiben. Ihre Kinder und auch sie waren zu verletzt gewesen von dem, was Malcom getan hatte, von dem

Pfad, den er gewählt hatte mit jedem Drink, den er getrunken hatte, und sie hätte nie im Traum daran gedacht, dass er so etwas tun könnte. Sie hatte die Veränderung nicht kommen sehen.

War es fair, Brice deswegen voreingenommen zu begegnen? Nein, doch ganz gleich wie sehr sein Verhalten unterstrich, dass er nicht wie ihr Ex war, fiel es ihr immer noch schwer, sich zu entspannen.

Die nächsten paar Tage kam Jed auf die Ranch, und Brice ließ ihn dabei zusehen, wenn er mit dem Mustang arbeitete. Der Junghengst war jetzt vertrauenswürdig und schien gut auf Jed zu reagieren. Er fing an, dem kleinen Jungen Reitunterricht zu geben, da er sichergehen wollte, dass er wusste, wie man mit einem Pferd umging. Er war überrascht, wie gut der Kleine bereits reiten konnte. Auch wenn Tara gesagt hatte, dass sie mit ihm geritten war, hatte er nicht damit gerechnet, dass er in seinem jungen Alter schon so geschickt war. Sie war eine gute Lehrerin. Dennoch war er noch nicht soweit, das Kind ein frisch zugerittenes Pferd allein reiten zu lassen.

Als Tara Jed am dritten Tag abholen kam, sprang Paige aus dem Truck und kletterte den Zaun des Paddocks empor. „Können wir ihm heute einen Namen geben?"

„Das hast du gesagt", nickte Jed und blickte ihn vom Sattel aus an.

Brice hatte sie jeden Tag, wenn sie dagewesen waren, darüber plappern hören. Er hatte nur zugehört und sie die Namen unter sich diskutieren lassen, amüsiert von ihren Ideen. Tara hatte sich auch darüber amüsiert, und er beobachtete sie gerne, auch wenn er sich bemühte, sie nicht allzu offensichtlich anzustarren. Doch er hatte jede Menge Augenblicke beobachten können, in denen sie die Zeit mit ihren Kindern genossen hatte. Es war klar, wie sehr sie ihre Kinder liebte. Es stand ihr ins Gesicht geschrieben. Wenn er sie beobachtete, vermisste er seine eigene Mutter, und sein Herz schmerzte. Wenn er sich nicht schon ohnehin zu Tara hingezogen gefühlt hätte, hätte ihre Liebe zu ihren Kindern ihn angezogen. Heute begegnete er ihrem Blick, während er dastand und den

Führstrick in der Hand hielt. Sie wirkte ein bisschen nervös. Doch warum? Ihr Date. Er wusste, dass das der Grund war. Doch das musste warten.

„Ihr hattet zwei Tage Zeit, euch Namen zu überlegen, und ihr kennt ihn jetzt auch besser, darum ja, warum nicht. Wofür habt ihr euch entschieden?"

„Sag du's ihm", rief Jed Paige zu, und Brice fiel zum wiederholten Mal auf, wie süß der Junge mit seiner kleinen Schwester umging. Er hatte schon jetzt einen ausgeprägten Beschützerinstinkt, der Brice sehr gut gefiel.

Paige strahlte. Er blickte von dem kleinen Mädchen zu Tara. Sie lächelte ihn über das Gatter hinweg an und hörte zu. Ihre Blicke begegneten sich und Brice' Puls schoss in die Höhe wie ein Bronco, der aus dem Chute stürmte. Sein Puls hatte von dem Moment an, als ihr Truck in Sicht gekommen war, galoppiert, doch jetzt war er außer Kontrolle.

Sein Selbsterhaltungstrieb brachte ihn dazu, den Blick von ihr loszureißen.

„Wir wollen ihn Sternschnuppe nennen, denn wenn man sich bei einer Sternschnuppe was wünscht, werden Träume war. Und Jed hat das gemacht, und der Traum ist wahr geworden", sagte sie sehr ernst.

„Ich habe mir ein Pferd gewünscht, nicht wahr, Mama?", fragte Jed ebenso ernst.

Brice' Herz zog sich zusammen.

„Ja, das hast du", sagte Tara sanft.

„Wir haben es uns bei einer Sternschnuppe gewünscht", plapperte Paige. „Und daran haben wir uns erinnert, darum können wir ihn Sternschnuppe nennen?"

Er hatte schon alle möglichen und unmöglichen Namen für Pferde gehört, darum lächelte er. „Ich finde, das ist ein toller Name. Was denkst du?", fragte er und sah Tara erneut in die Augen. Sie sah schön aus, die Haare zu einem lockeren Knoten gebunden. Sein rasender Puls trieb ihn von der Klippe, und er hatte das Gefühl, sich im freien Fall zu befinden.

„Gefällt mir."

„Dann sind wir uns einig." Er machte eine Handbewegung in Richtung des Mustangs. „Wir taufen dich Sternschnuppe", sagte er und tätschelte Sternschnuppes Hals. Das Pferd wieherte, als stimmte es zu, und alle lachten.

Wieder sah Brice Tara an. Sie lächelte, und er empfand eine Zufriedenheit, die er noch nie zuvor gespürt hatte. Er konnte den heutigen Abend kaum erwarten.

Jenna und Beth freuten sich darauf, auf die Kinder aufzupassen, während er mit Tara ausging. Er hatte beide gebeten, in der Hoffnung, dass zumindest eine von beiden Zeit haben würde, und sie hatten sich bereit erklärt, die Kinder gemeinsam zu hüten. Jed und Paige wussten es noch nicht, doch sie würden zu Beths und Coopers Farm fahren, um mit Beths Ziegen zu spielen.

„Na, dann sollten wir Sternschnuppe jetzt langsam in den Stall bringen", sagte er. „Heute Abend gehe ich mit eurer Mom essen, und für euch zwei gibt es eine Überraschung."

„Ohhhh", flötete Paige. „Ich liebe Überraschungen."

„Was ist die Überraschung?", fragte Jed.

Brice war erleichtert, dass sie sich auf die Überraschung konzentrierten und nicht auf die Tatsache, dass er mit Tara essen gehen würde. Er war sich nicht sicher gewesen, wie sie darauf reagieren würden. Als er ihr gestern von seinem Plan erzählt hatte, hatte sie ihm gestanden, dass sie sich Sorgen machte, wie sie reagieren würden.

Sie sah genauso erleichtert aus wie er, als sie gemeinsam in den Stall gingen und die Kinder ihm halfen, das Pferd zu versorgen. Er war froh, denn je öfter er sie sah, desto mehr Zeit wollte er mit ihr verbringen.

„Mögt ihr kleine Ziegen?", fragte er, und beide starrten ihn an. Sie waren bei den Boxen angekommen, doch sie blieben wie angewurzelt stehen.

„Du meinst Zicklein?", fragte Jed.

„Ja. Ihr geht zum Haus meines Bruders Cooper und seiner Frau Beth, um mit ihren Zicklein und den Mutterziegen zu spielen. Aber es sind Zwergziegen, die sind alle klein."

„Oh, können wir jetzt hingehen?", fragte Paige.

„Nein", sagte Jed, bevor Brice etwas erwidern konnte. „Wir müssen uns zuerst um die Pferde kümmern. Die verlassen sich auf uns."

„Wenn's sein muss", schmollte Paige.

Brice war stolz auf die Einstellung des kleinen Jungen. Er sah Tara an. „Du kannst wirklich stolz auf ihn sein. Er ist so verlässlich, wie man in diesem Alter nur sein kann. Ich bin stolz auf dich, Jed, und auf dich auch, Paige“, sagte er.

„Ich auch“, nickte Tara, und als sich ihre Blicke begegneten, sah er wieder die Dankbarkeit in den Tiefen ihrer Augen. Ihm wurde bewusst, dass er mehr als das in ihren veilchenblauen Augen sehen wollte. Er wollte mehr von Tara. Er wollte ihr wichtiger sein als der Cowboy, der ihren Kindern half. Das tat er gerne, doch er wollte, dass sie sich für ihn als Mann interessierte, wie er sich für sie als Frau interessierte.

„Da seid ihr ja alle!“, rief seine Tante Trudy. „Ich hatte gehofft, euch alle hier zu finden. Ich bin auf dem Weg in den Ort, um mit Sally Ann und Gertie im Café zu Abend zu essen. Aber ich habe Kekse gebacken und dachte mir, diese beiden hier hätten vielleicht gerne welche.“ Sie hielt zwei kleine Papiertüten mit Keksen hoch.

Jed und Paige stürmten auf Trudy zu, um sich die Kekstüten zu schnappen. Brice lachte. „Whoa, langsam ihr zwei.“

Beide strahlten Tante Trudy an. Brice liebte seine Tante, doch er sah den Schalk in ihren Augen, als sie von den Kindern zu ihm und Tara blickte. Was führte sie im Schilde?

Sie gab den Kindern die Kekse. Sie bedankten sich und fragten Tara, ob sie einen essen durften. „Sobald ihr mit den Pferden fertig seid und euch die Hände gewaschen habt. Ich halte die Tüten solange.“

Beide sahen enttäuscht aus, doch dann gingen sie in den Stall, um das frische Heu zu verteilen. Brice folgte ihnen und sattelte Sternschnuppe ab. Als er wieder aus der Box kam, erzählte Tara Tante Trudy gerade, dass sie heute Abend mit ihm essen gehen und Beth und Jenna auf die Kinder aufpassen würden.

„Das ist ja wunderbar! Sally Ann hat mir erzählt, dass ihr das vorhabt, doch ihr wisst ja, wie das mit dem Tratsch so ist. Da ist es schön, die Information aus erster Hand zu hören.“

Dass sie von Tratsch sprach, brachte ihn zum Lachen, da sie und ihre zwei Freundinnen die offizielle

Gerüchteküche von Ransom Creek waren. Er hatte sich nicht von den Keksen täuschen lassen. Sie würde ihre Bestätigung gleich zurück zu Sally Ann und Gertie tragen und ihre Freundinnen auf den neusten Stand bringen.

„Das ist wohl wahr", sagte Tara zögernd.

„Oh, das ist es. Hey, wenn ich schonmal hier bin, Libby und Vance kommen am Montag nach Hause, bevor sie wieder zum nächsten Rodeo weiterfahren. Ich dachte mir, dass ich, solange sie hier sind, für alle Abendessen kochen könnte. Ich würde mich freuen, wenn du und die Kinder auch kommen würdet. Bitte sag ihr, dass sie kommen soll, Brice." Sie nickte, um ihren Worten Nachdruck zu verleihen.

„Sag ja", drängte er. „Wir würden uns freuen, wenn du und die Kids kommen würde. Und sei gewarnt, falls du nein sagst, bohrt meine Tante so lange nach, bis du doch kommst."

Tante Trudy kicherte. „Er hat Recht. Ich kann nicht anders."

Tara sah amüsiert aus. „Danke, das klingt wie ein

Angebot, das ich nicht ablehnen kann und auch nicht ablehnen will."

Seine Tante klatschte in die Hände. „Wunderbar. Dann gehe ich jetzt mal und lasse euch weitermachen." Tante Trudy wandte sich zum Gehen, wirbelte dann jedoch noch einmal herum. „Karla werde ich auch einladen. Dein Vater ist ein sturer Hund und muss endlich zur Vernunft kommen. Glaubst du, dass sie kommen wird?"

Er seufzte tief, denn sein Vater hatte immer noch nichts wegen Karla unternommen. „Ich weiß nicht. Alles, was du tun kannst, ist, sie einzuladen. Ich habe allerdings das Gefühl, dass sie nein sagen wird. Doch wenn irgendjemand sie überreden kann, dann bist du das."

Sie strahlte. „Da hast du Recht. Ich werde sie anrufen."

Er blickte seiner Tante nach, als sie wieder davoneilte. Sie war ein Energiebündel mit kurzen Beinen. Er hoffte, dass es ihr gelingen würde, Karla davon zu überzeugen, zur Party zu kommen, da es offensichtlich war, dass ihr Dad ein bisschen mehr als nur einen Stubs in die richtige Richtung brauchte.

Was ihn allerdings gehörig überraschte, war, dass Tara überhaupt keine Überredung gebraucht hatte. Er konnte es kaum erwarten, endlich Zeit mit ihr allein zu verbringen.

Ja, er konnte es kaum erwarten, heute mit ihr essen zu gehen.

KAPITEL VIERZEHN

„*Ziegen!*"

„*Winzige Ziegen!*"

Später an diesem Abend, als Brice den Truck vor Coopers und Beths Haus anhielt, quietschten die Kinder vor Begeisterung. Man konnte die Pferche der Ziegen von der Auffahrt aus sehen, und die neugierigen Tiere standen am Zaun, um zu sehen, wer gerade gekommen war. Tara war überrascht, wie klein die Ziegen waren, und zur Freude ihrer Kinder und ihrer selbst, hatten ein paar der Ziegen Kleidchen an.

„Die sind ja angezogen!", quietschte Paige lauter

und hüpfte auf dem Rücksitz auf und ab. „Mama, die sehen aus wie in meinen Kalendern", staunte sie.

„Warum haben die Kleider an?", fragte Jed und man konnte sehen, dass er das ein wenig seltsam fand.

Brice lachte. „Ich verstehe, was du meinst, Kumpel. Mädchen machen manchmal komische Sachen. Aber Beth verdient Geld damit, diesen Ziegen Kleidchen anzuziehen und die Fotos in Kalendern zu verkaufen."

Paige machte große Augen. „Dann ist sie die, die meine Kalender macht?", fragte das kleine Mädchen fassungslos.

Jed riss die Augen auf, und er musste lachen, auch wenn er versuchte, es zu unterdrücken. Er entschied sich, Tara das erklären zu lassen.

Sie zwinkerte Paige zu. „Ja, das sind die Ziegen aus deinen Kalendern. Wir dachten, es wäre eine schöne Überraschung für euch."

„Machst du Witze?", kicherte Paige. „Komm, mach die Tür auf", verlangte sie in einem derart putzigen Ton, dass Brice laut lachen musste.

„Du hast die kleine Dame gehört. Auf geht's." Er

stieg aus und öffnete die Tür zur Rückbank, dann nahm er Paiges Hand und half ihr beim Aussteigen. Jed sprang hinter ihr aus dem Truck und sofort rannten beide zu den Pferchen.

Tara folgte Brice zu Cooper und Beth zu den Stufen der Veranda. Shane und Jenna waren ebenfalls da.

„Hi Tara, die sehen ziemlich begeistert aus", bemerkte Beth und lächelte sie an, während sie die Kinder vor dem Zaun in die Hocke gehen sah.

„Sie sind so aufgeregt." Tara war erleichtert zu wissen, dass vier Erwachsene da waren, um ihren Kindern Gesellschaft zu leisten. „Es könnte aber schwierig werden, sie von den Ziegen wegzubekommen."

„Oh, sie können spielen, so lange sie wollen." Cooper hatte die Hände in die Hüften gestemmt und nickte in Richtung mehrerer Stühle in der Nähe des Pferchs. „Wir wollen uns da drüben hinsetzen, und wenn die beiden wollen, können wir auch da essen. Genießt ihr nur euren Abend und macht euch keine

Sorgen.“

„Recht hat er.“ Beth hakte sich bei Cooper unter und lächelte verschmitzt. „Wir werden mit deinen Babys spielen und Spaß mit ihnen haben, damit ihr zwei in aller Ruhe die Möglichkeiten erkunden könnt.“

Tara hustete. *Die Möglichkeiten erkunden? Möglichkeiten für was?* Ihre Miene muss reichlich geschockt gewesen sein, denn Jenna und Shane lachten. Shane hatte den Arm um die Taille seiner Frau gelegt und zog sie an sich, während beide Tara und Brice erwartungsvoll ansahen.

„Okay Leute“, protestierte Brice. „Schluss damit. Wir sind dankbar, dass ihr auf die Kinder aufpasst, aber ihr tragt ein bisschen arg dick auf. Ihr macht Tara Angst.“

Tara starrte ihn mit offenem Mund an, und er grinste wie ein Kind. „Du hast geschockt ausgesehen.“

„Stimmt nicht.“

Beth schmunzelte. „Doch, ehrlich. Tut mir leid, wir freuen uns einfach nur, dass Brice auf ein Date geht.“

Tara war irritiert. „Er tut das normalerweise

nicht?“

„Das schon“, warf Shane ein. „Es ist nur eine Weile her, seit er mit jemandem mit … Potential ausgegangen ist.“

Brice runzelte die Stirn.

„Hey, das ist nicht sonderlich nett.“

Cooper lachte. „Nein, das war es auch nicht. Aber um ehrlich zu sein, Brice war fast genauso viel unterwegs wie Vance. Vance ist unser kleiner Bruder, der Rodeos reitet, darum reist er viel rum. Brice betreut unser Zuchtprogramm, kümmert sich aber auch um die Viehtriebe und liefert Vieh landesweit aus. Und wenn man kreuz und quer durchs Land fährt, bleibt einem nun mal wenig Zeit, sich zu ver–“

Erst recht spät wurde ihr bewusst, dass sie hofften, er würde sie mit ihr finden. Sie hätte beinahe gekeucht, als sie begriff. Ihr Blick schoss zu ihm, und sie bemerkte, wie mitfühlend er sie ansah.

„Ich muss mich für meine Familie entschuldigen. Sie sind offensichtlich nicht ganz bei Trost. Doch jetzt werden sie uns in Ruhe lassen, nicht wahr?“ Er warf seiner Familie einen warnenden Blick zu, und alle nickten brav, mussten sich jedoch ein Grinsen verkneifen. „Nein, nicht gut genug. Versprochen?"

Beth lachte. „Okay, okay, wir hätten nicht drängen sollen. Richtig, Cooper?"

„Richtig. Ich denke, ich gehe mal zu den Kids, die mit unseren Kindern hier spielen." Er lachte. „Und euch zwei Kids viel Spaß." Er zwinkerte ihnen zu und ging über die Wiese auf ihre Kinder zu. „Hey ihr zwei, wollt ihr in den Pferch und mit den Ziegen spielen?"

„Ja!", antwortete Paige und hüpfte vor Begeisterung auf und ab.

„Oh, das wird lustig, auch wenn sie Kleider anhaben", bemerkte Jed. „Zum Glück haben ja nicht alle welche an."

„Ganz meine Meinung, Jed. Ist schon ein bisschen schräg, wenn du mich fragst, aber Beth liebt sie, und eine Menge anderer Leute einschließlich deiner Schwester lieben sie auch. Dann können Männer wie du und ich auch damit leben, oder?"

„Ja", nickte Jed, dann folgten Paige und er Cooper zum Pferch.

„Ich gehe mit ihnen", sagte Shane. „Viel Spaß,

und denkt nicht, dass wir euch unter Druck setzen wollen. Es kommt, wie es kommt. Nicht wahr?" Er küsste Jenna, und sie kicherte und wurde rot.

„Sehr wahr", sagte sie und blickte ihm nach, als er über den Hof ging. „Ich liebe diesen Mann. Und ihr zwei solltet losmachen. Wir kümmern uns schon um die beiden."

„Ja", nickte Beth. „Und falls es ein langer Abend wird, haben wir hier genug gemütliche Plätzchen, wo sie schlafen können, bis ihr zurückkommt."

„Danke, aber so spät werden wir nicht zurückkommen", sagte Tara.

„Ich bringe sie zurück, bevor sich die Kutsche in einen Kürbis verwandelt." Brice lud sie mit einer Geste ein, ihm voraus zum Truck zu gehen. Sie rief ihren Kindern zum Abschied zu und ermahnte sie, sich zu benehmen. Dann stieg sie in den Truck ein, und sie fuhren schweigend los.

Nach einer Weile sagte er: „Tut mir leid", und sah sie an. „Ich hoffe, meine Familie hat dir keine allzu große Angst eingejagt. Ich habe keine Ahnung, was in sie gefahren ist."

Sie rang die Panik nieder, atmete tief durch und versuchte, sich zu entspannen. „Sie lieben dich offensichtlich sehr."

„Und ich liebe sie. Doch das gibt ihnen nicht das Recht, zu versuchen, mich dir aufzudrängen."

Sie musste lachen. „Naja, das nicht, aber irgendwie sind sie schon süß. Aber ich hoffe, dass du verstehst, dass ich einfach nicht für eine Beziehung bereit bin. Ich muss an meine Kinder und mein Geschäft denken. Ihr Dad hat sie in so vielerlei Hinsicht enttäuscht, und sie haben so viel durchgemacht."

Er legte seine Hand auf ihre. „Tara, lass uns einfach nur einen entspannten Abend genießen. Vielleicht kannst du das einfach für eine Weile vergessen. Das hast du verdient, okay?"

Seine Hand war warm und stark auf ihrer, und in ihr rührte sich das Bedürfnis, ihre Hand umzudrehen und seine festzuhalten. Seine Worte … hatte sie wirklich zugelassen, dass die Vergangenheit sie weiter im Griff hielt, auch wenn sie hierhergezogen war, um die Vergangenheit hinter sich zu lassen?

„Okay?", fragte er erneut, als sie nicht antwortete.

„Okay", flüsterte sie, während sie sein Profil musterte. Er wandte den Blick von der Straße ab und sah sie an. „Ich will nicht an die Vergangenheit denken. Ich gebe mir größte Mühe, ihr davonzulaufen, sie zu vergessen."

„Gut. Ich will, dass du dich entspannst und mir erlaubst, mich heute um dich zu kümmern."

Der Gedanke erschien ihr fremd. Sie hatte sich so lange um sich gekümmert und hatte Angst davor, dass irgendjemand ihr noch einmal ihre Unabhängigkeit nehmen konnte. Doch es war so lange her, seit sie sich zum letzten Mal vollkommen entspannt hatte, dass sie sich nicht sicher war, ob sie überhaupt noch dazu in der Lage war. Doch wenn sie Brice ansah, übermannte sie das Bedürfnis, ihre Schutzwälle fallenzulassen und ihm zu erlauben, sich um sie zu kümmern.

Wenn auch nur für heute Abend.

Brice fuhr mit Tara etwa dreißig Minuten zu einem kleinen See. Er wusste, dass seine Familie es gut meinte, doch sie hatten bisher mehr Schaden angerichtet als zu helfen mit ihrer „Brice braucht ein Date"-Kampagne. Tara war reservierter als sonst, und er hatte viel zu tun, um wiedergutzumachen, was sie in nur wenigen Minuten zerstört hatten.

„Es ist schön hier", sagte sie, als sie auf der Terrasse des Restaurants Platz nahmen.

Es war relativ viel los in dem Restaurant, doch sie hatten direkt am Wasser den Tisch bekommen, um den er gebeten hatte, als er die Reservierung gemacht hatte. Gänse schwammen friedlich auf dem Wasser, während die goldene Sonne am rosa-orangefarbenen Himmel schnell auf den Horizont zu sank. Einen schöneren Sonnenuntergang hätte er sich nicht wünschen können.

„Den habe ich speziell für dich bestellt", bemerkte er, und sie lächelte. Er mochte ihr Lächeln und wie sich dabei die Farbe ihrer blauen Augen veränderte.

„Danke. Er ist wirklich wunderschön. Und die Gänse sind auch schön."

„Gut, freut mich, dass sie dir gefallen. Und das Essen hier ist köstlich. Du kannst so ziemlich alles bestellen, was du willst, hier ist alles gut."

Kurz darauf brachte die Kellnerin ihre Getränke und ihre Salate, und die Sonne, die hinter dem Horizont versank, hinterließ ein sanftes Licht. Doch Tara hielt seine Aufmerksamkeit gefangen, und es fiel ihm schwer, sie nicht anzustarren.

„Du machst mich nervös", sagte sie, als sie den Blick vom See abwandte und ihn ansah.

„Tut mir leid, aber ich habe einfach die beste Aussicht von hier. Du bist schön."

„Danke." Sie legte ihre Gabel auf den Tisch. „Stimmt das, was sie über dich gesagt haben? Dass du nicht viel datest? Dass du viel unterwegs bist? Seit ich hier bin, warst du nicht unterwegs."

Er hatte sich gerade ein Stück Tomate in den Mund gesteckt und kaute in aller Ruhe weiter, um Zeit zu schinden. „Es stimmt. Doch ich habe ihnen neulich gesagt, dass ich nicht mehr so viel auf Achse sein und mehr Zeit mit den Mustangs verbringen will. Das Fahren macht jetzt einer unserer Ranchhelfer. Darum bin ich nicht mehr so viel unterwegs. Und wenn ich nicht auf Achse war, habe ich mich um das Zuchtprogramm gekümmert, was ich immer noch mache, doch ich habe wirklich gute Leute da, und dadurch bin ich sehr flexibel."

„Dir muss das Fahren Spaß gemacht haben, da du nicht wirklich musstest. Ist das der Grund, warum du das Vieh im ganzen Land ausgeliefert hast?" Sie schob sich einen Bissen Salat in den Mund und wartete auf seine Antwort.

„Ich fahre gern, aber um ehrlich zu sein, ging es mehr um das Gefühl, festgenagelt zu sein. Das Fahren hat mir immer ein Gefühl der Freiheit gegeben." Das hatte er noch nie jemandem erzählt. Er selbst hatte es nie ganz verstanden.

„Aber jetzt willst du meine Ranch – ich meine die Leonard Ranch – kaufen. Was hat sich verändert?"

Er verstand, dass sie es wissen wollte, da sie die Ranch als ihre betrachtete. Die Kellnerin kam mit ihren Hauptspeisen, und er schwieg, während sie sie vor ihnen auf den Tisch stellte. Er hatte schon eine Weile darüber nachgedacht, zumindest, seit Tara aufgetaucht war und die Möglichkeit bestand, dass Mr. Leonard die Ranch an sie anstatt an ihn verkaufen könnte.

„Ich habe schon eine ganze Weile was Eigenes

kaufen wollen, doch es hat mich nie genug gereizt, den Plan tatsächlich umzusetzen. Ich glaube, der Gedanke, Land zu besitzen, hat mir das Gefühl gegeben, gebunden zu sein. Ich weiß, in meinem Alter sollte man meinen, dass ich dafür bereit sein sollte. Und ich … das bin ich auch, ich habe es nur hinausgezögert. Und als es wahrscheinlicher wurde, dass Mr. Leonard die Ranch verkaufen würde, wusste ich, dass das der richtige Ort für mich ist. Ich habe nur ein paar Wochen gezögert, ein Angebot abzugeben, und zwischenzeitlich bist du eingezogen. Jetzt ist es kompliziert.“

Sie spielte mit ihrem Parmesanhühnchen und schien es genau zu analysieren. Er wollte ihr sagen, dass sie sich keine Sorgen machen würde, weil er nicht vorhatte, ihr das Haus zu nehmen.

„Und jetzt stehe ich dir im Weg.“

Er straffte die Schultern. „Wir haben tatsächlich ein Problem, und das tut mir leid.“ Ihre Miene sagte ihm, dass es ihr auch leidtat.

„Wir können nichts daran ändern. Mr. Leonard hat das Recht, das Land zu verkaufen, an wen er will. Und je mehr ich darüber nachdenke, hat er viel mehr Gründe, es an dich zu verkaufen als an mich. Ich … ich mag die Ranch einfach. Die Kinder lieben sie, und ich kann mir vorstellen, sie dort aufwachsen zu sehen."

„Ja, ich mir auch." Er zog eine Braue hoch, und sie starrte ihn geschockt an.

„Das kannst du?"

Er nickte. „Ich kann. Und das macht es mir nicht gerade leicht zu wissen, dass ich, wenn Mr. Leonard an mich anstatt an dich verkauft, ihnen wieder die Wurzeln nehmen würde, nachdem sie schon so viel durchgemacht haben. Nachdem *du* so viel durchgemacht hast."

„Doch wenn er sich entscheidet, ein anderes Angebot anzunehmen, wird dasselbe passieren", sagte sie und wiederholte damit nur, was er ihr bereits gesagt hatte.

Sie starrten einander an. Ihr Essen wurde kalt, doch keiner von beiden hatte viel gegessen. Er riss seinen Blick von ihr los und hoffte, klar denken zu können, wenn er nicht das Bedürfnis verspürte, in das tiefe Blau ihrer Augen einzutauchen oder davon zu träumen, sie in seinen Armen zu halten.

Ein Mann kam herein, nahm in einer Ecke der Terrasse Platz und fing an, Gitarre zu spielen. Mehrere Paare standen auf und gingen zur Mitte der Terrasse, wo ein paar Tische beiseite geräumt worden waren, um eine Tanzfläche zu schaffen. Er stand auf und streckte ihr die Hand entgegen.

„Lass uns tanzen", sagte er, abrupter, als er es gewollt hatte. Und warum wollte er überhaupt tanzen? Er hatte zwei linke Füße, und alle wussten, dass Tanzen keine seiner Stärken war. Doch er wollte sie halten, und er wollte nicht mehr daran denken, dass sie irgendwann seinetwegen nicht mehr auf der Ranch sein könnten.

Sie sah ihn zunächst zweifelnd an, dann ergriff sie seine Hand. „Es ist lange her, seit ich das letzte Mal getanzt habe."

Er schmunzelte und führte sie auf die Tanzfläche. „Ich auch. Es ist nicht gerade meine Stärke, aber wir brauchen etwas, um die Stimmung aufzulockern, und das sollte kein Problem sein, wenn du mein Tanztalent am eigenen Leib erfährst."

Ihr Lächeln ließ ihn innehalten.

„Du machst Witze. Alle Cowboys wissen, wie man tanzt."

„Da magst du schon Recht haben. Aber wissen, wie es geht, und es umzusetzen, sind zwei vollkommen verschiedene Paar Stiefel. Man hat mir mehr als einmal gesagt, dass ich zwei linke Füße habe." Doch als er in ihre Augen blickte, war ihm das egal. Er legte einen Arm um ihre Taille und zog sie an sich. Sie kam in seine Arme und ließ eine Hand auf seinem Herzen ruhen, während die andere in seiner lag. So standen sie da und starrten einander an, während die Musik spielte und die Leute um sie herum tanzten.

„Ich denke, du tanzt gut", sagte sie mit sanfter Stimme, ihr Atem warm an seinem Ohr. Es jagte einen elektrischen Stoß durch ihn hindurch, ließ seinen Puls rasen, und er musste gegen den Impuls ankämpfen, sein Gesicht in ihre Haare zu vergraben und ihren Hals zu küssen, um zu sehen, ob sie genauso auf seine Berührung reagierte wie er auf ihre.

„Wir bewegen uns noch nicht einmal", flüsterte er in ihr Ohr. Er spürte sie erschauern, als sein Atem ihre

Haut traf. Sie starrten einander an, die Lippen kaum einen Atemzug voneinander entfernt.

Sie öffnete den Mund.

Er schluckte und wagte es, einen Schritt nach vorn zu machen, sodass sein Oberschenkel ihren berührte. Die Berührung war Signal genug, und sie begannen, sich zur Musik zu bewegen. Er war sich Tara stärker bewusst, als er sich je einer Frau bei einem Date bewusst gewesen war. Sie schienen auf einer Wellenlänge zu sein, und irgendwie war es ihm gelungen, ihr noch nicht auf die Füße zu treten.

„Brice", sagte sie und stolperte.

Er blieb stehen. „Was ist?", fragte er.

„Ich bin nicht bereit für eine Beziehung. Ich habe nicht vor, noch einmal eine einzugehen … das solltest du wissen."

Er blickte ihr tief in die Augen, Augen, die etwas ganz anderes sagten als die Worte, die aus ihrem Mund kamen. „Warum? Deine Blicke sagen etwas ganz anderes", sagte er unverblümt.

Sie biss sich auf die Unterlippe. „Ich weiß nicht, was du meinst."

Während sie einander anstarrten, bemerkte er, dass der Song geendet hatte. Auch ihr fiel es auf, und sie löste sich aus seinen Armen. Mit donnerndem Herzen folgte er ihr zu ihrem Tisch. Er nahm ihr gegenüber Platz und hatte das Gefühl, dass nicht nur der Tisch, sondern der Grand Canyon zwischen ihnen lag.

Er zwang sich, sein Besteck zu nehmen und ein Stück von seinem zwischenzeitlich erkalteten Steak abzuschneiden. Er schob es sich in den Mund, schmeckte jedoch nichts. Sie tat dasselbe, und er fragte sich, ob sie etwas schmeckte oder ob sie wie er nur mechanisch kaute.

Was war nur los mit ihm?

Er begegnete ihrem Blick und wusste … dass er sich in Tara Quinn verliebt hatte.

KAPITEL FÜNFZEHN

Nachdem sie die Tanzfläche verlassen hatten, hatten Tara und Brice angestrengt Konversation betrieben, während sie ihr Essen hinunter zwangen. Der Tanz hatte Tara die Augen geöffnet. Sie hatte kaum klar denken können, als sie sich aus Brice' Armen befreit hatte und zum Tisch zurückgekehrt war. Sie hatte nichts mehr gewollt, als ihm um den Hals zu fallen und ihn zu küssen. Dieser Cowboy lenkte sie ab und brachte ihr Herz zum Klopfen wie kein anderer, und irgendwie hatte sie ihn an den Abwehrmechanismen, die sie um ihr Herz herum errichtet hatte, vorbeigelassen. Sie war dabei, sich in ihn zu verlieben.

Wie konnte das sein? Und in so kurzer Zeit? Die Tatsache, dass sie hierhergezogen war, mit einer festen Vorstellung, wie sie sich den Rest ihres Lebens vorstellte, mit dem Ziel ein solides Geschäft aufzubauen, das ihr und ihren Kindern Sicherheit gab. Sie wollte, dass ihre Kinder glücklich waren, und ihr Leben ausschließlich um sie aufbauen. Es sollte einzig und allein um ihr Glück gehen. Ausschließlich darum, was für sie am besten war.

Die Meilen zogen sich in die Länge als sie zu Coopers und Beths Haus zurückfuhren.

Die Kinder waren bereits eingeschlafen, als sie eintrafen und allen erzählten, dass es ein schöner Abend gewesen war. Sie dankten ihnen dafür, dass sie auf die Kinder aufgepasst hatten, und luden sie behutsam in den Truck. Dann fuhren sie zur Ranch zurück.

Dort angekommen hob Brice den schläfrigen Jed aus seinem Kindersitz und trug ihn, während Tara Paige aus ihrem Sitz befreite und ihm ins Haus folgte.

Ihr Herz pochte, und sie fragte sich, ob ihre Tochter davon aufwachen könnte. Im Flur begegnete sie Brice, der aus Jeds Zimmer kam.

„Soll ich sie nehmen?", flüsterte er, und seine grünen Augen schienen in ihre Seele zu blicken – genau dorthin, wo sie sie nicht gebrauchen konnte. Sie würde nicht in sich gehen, was diesen Mann anging. Sie hatte ihre Entscheidung getroffen. Der Flur war viel zu voll mit ihr, Paige und ihm darin.

„Nein, passt schon", sagte Tara und ermahnte sich, der Tatsache, dass er so hilfsbereit war und dabei auch noch so gut aussah, keine weitere Beachtung zu schenken. Sie schob sich mit Paige an ihm vorbei, und er presste sich an die Wand, um ihr Platz zu machen. Sie streifte ihn nur flüchtig, doch ihre Haut prickelte dort, wo sie einander berührt hatten.

Das war lächerlich. Sie trug Paige in ihr Zimmer und legte sie in ihr Bett. Das kleine Mädchen schnarchte leise, während Tara ihr die Schuhe und ihre Kleider auszog, und ihr ein Nachthemd über den Kopf zog. Sie war erschöpft, darum erwachte sie kaum, als Tara sie zudeckte und ihr einen Kuss auf die Stirn gab, bevor sie in Jeds Zimmer ging. Brice hatte ihm die Schuhe ausgezogen und hatte ihn mitsamt Jeans und T-Shirt ins Bett gelegt. Sie lächelte, da sie wusste, dass Jed kein Problem damit hatte, in seinen Kleidern zu schlafen, zog ihm dann jedoch die Jeans aus und deckte ihn zu. Er schlief so friedlich. Sie setzte sich an den Rand seines Betts, strich ihm die Haare aus der Stirn und beobachtete ihn, während sie versuchte, ihre Gedanken zu ordnen.

Wenig später ging sie in die Küche, wo Brice auf einem Hocker an der Kücheninsel saß. Er drehte sich zu ihr um und lächelte sie an. Sie blieb stehen und sah ihn an. Er war so gut, so attraktiv.

„Die beiden sind erledigt", sagte er.

Sie nickte und ging in die Küche. „Kann ich dir was zu trinken anbieten? Ich habe Apfelsaft, Milch oder Tee." Sie beobachtete, wie sich ein Lächeln über seine herben Züge ausbreitete.

„Danke, aber ich brauche nichts. Ich werd' mich auf den Nachhauseweg machen."

Sie wollte ihm sagen, dass er bleiben sollte. Doch sie hatte ihm im Restaurant erklärt, dass sie keine

Beziehung wollte. Sie wollte keine … oder?

Er nahm ihre zierliche Hand in seine von der harten Arbeit auf der Ranch raue Hand und zog sie sanft zu sich. „Das war ein richtig schöner Abend."

Da er saß, befanden sie sich auf Augenhöhe, und er hielt ihren Blick mit einer tiefen, hypnotischen Anziehung fest, der zu widerstehen ihr schwer fiel. Sie ließ sich von ihm zwischen seine Knie ziehen.

„Finde ich auch", sagte sie und schluckte. Ihr Herz pochte.

Er betrachtete ihre verflochtenen Hände. „Ich verstehe dein Zögern, was eine Beziehung angeht." Seine Augen waren dunkel und verständnisvoll. „Um ehrlich zu sein, war ich überrascht, als du eingewilligt hast, mit mir auszugehen. Damit hatte ich nicht gerechnet, doch ich habe es einfach versucht."

Instinktiv versuchte sie, ihre Hand aus seiner zu befreien, um Abstand zu gewinnen, doch er hielt sie fest.

„Warte. Ich verstehe."

Als sie seinen flehenden Blick sah, entspannte sie sich, abgelenkt durch seine Hände. Sie fühlte sich gut an, zu gut. Sie gab auf und erlaubte sich, das Gefühl zu genießen. Es war schön, sich attraktiv zu fühlen. Es war so lange her, seit ihr jemand dieses Gefühl gegeben und sich so um sie gekümmert hatte … so lange. Ihr Herz sehnte sich danach.

„Nach allem, was du mit deinem Ex durchgemacht hast, ist es verständlich, dass du keine Beziehung willst. Tut mir leid, dass ich dich gedrängt habe. Aber ich will ehrlich zu dir sein – bis du hergekommen bist, habe ich kaum einen Gedanken daran verschwendet, mich niederzulassen und anzufangen, nach dem zu suchen, was meine Brüder schon gefunden haben. Doch du hast mich umgehauen, und ich gebe zu, dass ich dauernd an dich denken muss. Darum habe ich es vielleicht ein bisschen überstürzt.“

Er war so ernst. Er verstand nicht, dass nie etwas zwischen ihnen sein konnte, selbst wenn er tief in ihrem Herzen ein warmes Leuchten entfachte, wann immer er in ihrer Nähe war. Er hatte es an all ihren Abwehrmechanismen vorbei geschafft, und jetzt musste sie besonders entschlossen kämpfen, die Distanz zu wahren.

„Brice, du verschwendest deine Zeit mit mir. Ich bin verletzt worden und meine Kinder auch. Ich muss nicht nur mich beschützen, sondern viel mehr sie. Und der sicherste Weg, das zu tun, ist, dass wir drei allein bleiben. Wenn ich dafür sorge, kann uns nie wieder jemand wehtun."

Er zog sie ein paar Zentimeter näher und Schmetterlinge stoben in ihrem Bauch auf, als er seine Arme um sie legte. Sie sollte zurückweichen, doch ihre geheimsten Wünsche hatten sie fest im Griff. Warum hatte sie das alles gerade gesagt und blieb doch in seiner oh-so-wunderbaren Umarmung? Ja, er umarmte sie und … sie liebte es. Sie…

„Ich verstehe, was du empfindest. Ich glaube, das ist der Grund, warum mein Dad nie wieder gedatet hat, nachdem Mom gestorben ist. Ich denke, er hat befürchtet, dass er unser Leben, das er mit so viel Mühe nach ihrem Tod wiederaufgebaut hatte, gefährden könnte, wenn er sein Herz wieder jemandem geöffnet hätte. Darum verstehe ich das. Und um ehrlich zu sein, vermute ich, dass das bis jetzt einer meiner Gründe war, warum ich gezögert habe, eine

Beziehung mit jemandem aufzubauen, den meine Familie als Kandidatin mit Potential betrachtet hat."

Beide lächelten. „Und ich muss zugeben, sie haben Recht. Bisher habe ich nur *sichere* Frauen gedatet, die kein Interesse an Ehe hatten, und ein paar …" Er sah sie beinahe beschämt an. „Ich gebe es nur ungern zu, aber ein paar waren auch nicht wirklich Ehematerial."

Auf eine seltsame Art und Weise verstand sie das auch, denn sie wusste aus eigener Erfahrung, dass dieses Leben manchmal einsam war. Für einen Mann musste es genauso sein – vielleicht sogar schlimmer. „Tut mir so leid, dass du deine Mom verloren hast. Ich kann verstehen, dass du mit der Angst aufgewachsen bist, als Erwachsener verletzt zu werden." Ihre Gedanken wanderten zu ihren eigenen Kindern. „Ich frage mich, wie die Scheidung, der Unfall und die Tatsache, dass ihr Vater im Gefängnis sitzt, sich auf meine Kinder auswirken wird, wenn sie erwachsen sind." Unerwartete Tränen stiegen ihr in die Augen, und ihre Stimme klang belegt. Er streichelte sanft ihren Arm, die Berührung so tröstend wie verführerisch.

„Du tust alles, was du kannst, um ihnen ein gutes

Leben zu geben. Doch ich muss dir sagen, dass das vielleicht nicht genug ist, ganz gleich, wie viel du tust. Du kannst ihnen helfen, das schon, doch jeder von uns, meine Brüder und auch meine Schwester, wir alle haben Narben, und keine gleicht der anderen. Mein Dad genauso. Nichts, was mein Dad getan hat, hat das ändern können. Er wollte so sehr die Lücke füllen und uns den Schmerz nehmen. Doch all seine Liebe hat das nicht tun können. Wir mussten jeder auf seine eigene Weise darüber hinwegkommen, und alle seine Gebete und alle seine Bemühungen konnten nicht ungeschehen machen, was passiert war."

Der Schmerz in seinen Worten traf sie tief. Sie verstand, was er meinte, und sie hob ihre Hand an seine Wange. „Das tut mir so leid. Und für deinen Dad auch. Ich weiß, wie sehr er wollte, dass ihr ein normales Leben habt." Ihr Hals brannte, als sie einander lange in die Augen blickten. Sie schluckte schwer, als der plötzliche Wunsch, ihn zu küssen, ihren Mund trocken werden ließ. Sie ließ ihre Hand auf seine Schulter sinken, unfähig, sich weiter zurückzuziehen.

Sein Blick wurde sanft. „Ich weiß. Genau wie du

für deine Kinder, und das liebe ich an dir. Du bist eine wunderbare Mutter, und deine Kinder können sich glücklich schätzen, dich zu haben. Nicht jeder wäre so stark wie du, nachdem du all das durchgemacht hast."

„Meine Kinder haben mich stärker gemacht. Stärker, als ich mich gefühlt habe." Sie schüttelte den Kopf beim Gedanken an die Sorgen, all die Nächte, in denen sie sich im Bad die Augen ausgeweint und in ein Handtuch geschluchzt hatte. „Man tut alles für die, die man liebt, besonders, um das, was jemand ihnen angetan hat, wiedergutzumachen. Und ich habe so viel wiedergutzumachen, was ihr Vater ihnen angetan hat."

Er nahm ihr Gesicht in ihre Hände, und ihr Puls begann zu rasen. „Und dir. Von meiner Warte aus betrachtet, und angesichts der Frau, als die ich dich kennenlerne, muss er irgendwann den Verstand verloren haben, sich so zu verhalten. Du bist eine fantastische Frau."

Dieser Mann war großartig. Bevor sie irgendetwas erwidern konnte, lehnte er sich vor und küsste sie sanft wie eine Feder auf die Lippen. Er streifte sie so sanft, so zärtlich, dass sie sich nach mehr sehnte, als er ihr einen zweiten, ebenso zärtlichen Kuss auf die Wange gab.

Mehr!, schrie ihr Herz, während sie selbst sprachlos war.

„Ich werde dir nie wehtun, Tara, und deinen Kindern auch nicht." Er stand auf und umarmte sie, bevor er sich zum Gehen wandte. „Ich gehe dann mal, damit du dich ausruhen kannst. Ich hatte nur das Gefühl, dass das einfach mal gesagt sein musste. Gute Nacht, Tara."

Dann ging er schnell durch die Hintertür hinaus, während sie wie angewurzelt stehen blieb.

Ihre innere Stimme schrie sie förmlich an, dass sie seine Zärtlichkeit und seine Versprechen ignorieren musste.

Sie ging zu der Tür, durch die er gegangen war und schloss sie ab, während sie seinen Rücklichtern nachblickte, bis sie in der Dunkelheit verschwanden. Sie spürte immer noch die süße Berührung seiner Lippen auf ihren, als sie die Lichter im Haus ausschaltete und in ihr Schlafzimmer ging.

Erst, als sie im Bett war, hatten sich ihre

Gedanken genug entwirrt, um sich daran zu erinnern, dass Brice dasselbe Anwesen wollte wie sie. Wie wollte er sie und ihre Kinder nicht verletzen, wenn er derjenige war, an den Mr. Leonard verkaufte?

In einem Märchen würden sie sich verlieben und heiraten und glücklich bis an ihr Ende auf der Ranch leben, die sie beide liebten. Das wäre die perfekte Lösung, doch das Leben war kein Märchen, darum würde das nicht passieren.

Denn ganz gleich, wie sehr sie an ein mögliches Happy End mit Brice glauben wollte … sie konnte einfach nicht zulassen, dass noch einmal ein Mann Kontrolle über ihr Leben bekam.

Das konnte sie einfach nicht.

Brice summte, als er zu Hause aus seinem Truck ausstieg. Er konnte nicht anders, denn das war einer der schönsten Abende seit langem – wenn nicht überhaupt. Als Tara ihn im Restaurant beim Tanzen angesehen hatte, war er geschmolzen wie Butter. Sie in seinen Armen zu halten machte ihn süchtig, und er hätte sie beinahe auf der Tanzfläche geküsst, doch sie hatte Angst bekommen.

Er hatte geahnt, dass es passieren würde, und es verstanden. Wie er ihr vor ein paar Minuten erklärt hatte, hatte sie jedes Recht dazu, Angst zu haben oder vorsichtig zu sein, was eine Beziehung anging. Er hatte es nicht so direkt ausgedrückt, doch es war die Wahrheit. Es war auch die Wahrheit, dass er nie etwas tun könnte, was ihr oder ihren Kindern wehtun würde. Er war verrückt nach ihnen allen. Ja, es war ziemlich verrückt zu denken, dass er sich so schnell verlieben konnte, doch als er leise vor sich hin summend ausstieg und sich an seinen Pickup lehnte, um gen Sternenhimmel zu blicken, wusste er, dass es so war: er liebte Tara Quinn und ihre kleine Familie und würde tun, was immer nötig war, um zu verhindern, dass sie jemals wieder jemand verletzte.

Und wenn das bedeutete, dass er sich zurücknehmen und ihr Zeit geben musste, ihre Kraft und ihre Wurzeln hier in Ransom Creek zu finden, dann würde er das tun. Er hatte sie an sich ziehen und lange und langsam küssen wollen, doch er hatte gewusst, dass sie etwas anderes brauchte. Er würde sie umwerben und ihr den Hof machen und ihr zeigen, was für eine wunderbare Frau sie war. Jemand musste ihr zeigen, dass ein Mann sie wertschätzte. Nach all ihren schlechten Erfahrungen war er derjenige, der ihr zeigen würde, dass ein Mann eine Frau auch richtig behandeln konnte. Er lächelte und spürte immer noch ihre weichen Lippen auf seinen. Er hatte Hoffnung, dass er ihr beweisen konnte, dass seine Absichten ehrenwert waren und dass sie ihm ihr Herz öffnen würde.

Während er die kühle Nachtluft tief inhalierte, hatte er das Gefühl, seine Seelenfreundin gefunden zu haben.

Dabei hatte er nicht einmal nach ihr gesucht.

Eine bessere Überraschung als das gab es nicht.

KAPITEL SECHZEHN

Sara erwachte, als das zartrosa Licht des Morgens über den Boden ihres Schlafzimmers kroch. Sie drehte sich um, griff nach dem Vorhang und zog ihn auf, um die Sonne am Horizont aufgehen zu sehen. Sie fühlte sich anders an diesem Morgen. Irgendwann in dieser schlaflosen Nacht hatte sie die Entscheidung getroffen, sich zu entspannen. Einfach dieses süße Gefühl des Staunens zuzulassen, das sie wegen Brice empfand.

Ja, er könnte derjenige sein, der den Zuschlag für die Ranch bekam, doch es könnte genauso gut sie sein.

Sie würde nicht zulassen, dass Bitterkeit die Zufriedenheit, die sie gerade empfand, störte. Und dieses furchterregende und doch wunderbare Gefühl der Hoffnung, das sie empfand, seit er sie in den Armen gehalten und ihr gesagt hatte, dass er sie verstand. Und dieses Wissen gab ihnen eine gemeinsame Basis und beruhigte ihre Ängste. Er würde ihr oder ihren Kindern nicht wehtun. Er war nicht Malcom.

Sie seufzte und lächelte. So lächelte sie die nächsten zwei Tage, wenn Brice kam, um verschiedene Pferde zur Behandlung zu bringen, und sie darüber sprachen, was man auf der Ranch verbessern konnte oder dass es den Pferden, die sie behandelt hatte, besser ging. Oder was ihre Kinder taten. Er half Jed mit seinem Pferd, und Jed half ihm mit den anderen Pferden. Und Paige half wie immer sie konnte. Sie war glücklich, solange sie nur ein bisschen Zeit mit Brice verbringen durfte. Das Mädchen betete ihn geradezu an. Und heute war es nicht anders, als sie auf dem Hof vorfuhren, um Jed von der Arbeit mit Brice abzuholen.

„Na, wie geht's meiner Süßen heute?", fragte

Brice, als sie über den Hof kamen.

Paige rannte zu Brice, und Tara konnte es ihr nicht verdenken. In gewisser Weise wollte sie das auch. Doch sie rang den Impuls nieder und lächelte stattdessen, als er das kleine Mädchen über seinen Kopf hob und sie kicherte.

„Mir geht's gut", antwortete Paige.

„Das ist schön, und was macht Schlafmütze? Schnarcht er immer noch, wenn er schläft?" Er setzte sie ab und lächelte sie an.

„Ja, richtig laut sogar. Mama sagt, er braucht Hilfe."

Brice' Blick wanderte zu Tara, und sie lächelten einander an. „Er braucht ein großes Schnarchpflaster, damit er besser atmen kann."

Dieser Mann nahm *ihr* den Atem, und er war einfach zu gut, um wahr zu sein.

„Da bräuchte er schon ein ganz großes." Seine Augen glitzerten, als er seine Hände in die Hüften stemmte und zwischen Tara und Paige hin und her blickte. „Zum Glück musst du ja nicht mit ihm im Stall schlafen."

„Das würde ich, wenn Mama es mir erlauben würde."

Er lachte. „Ich wette, wir würden dich auch bald Schlafmütze nennen, wenn du versuchen müsstest, neben einem schnarchenden Pony zu schlafen. Oder schnarchst du etwa auch? Kannst du schnarchen?"

Sie machte ein Schnarchgeräusch, und Tara schmunzelte. Es war schön, ihr Kind herumalbern zu sehen. Ein schöner, oh so schöner Anblick.

Brice lächelte Paige an. „Mann, du kannst schnarchen und bist trotzdem eine ganz Süße. Jed ist im Stall und schaufelt schon das Futter in deinen Eimer, falls du ihm helfen willst."

„Oh ja." Paige strahlte ihn an und schlang ihre Arme um seine Beine, um ihn zu umarmen, bevor sie ihn losließ und in den Stall rannte.

Brice blickte ihr hinterher und wandte sich Tara zu. „Was für eine süße Maus."

„Ja, das ist sie."

„Ich weiß, ich habe dich gestern gefragt, und ich will nicht drängen, aber Tante Trudy hat mich gebeten, dafür zu sorgen, dass du heute zum Abendessen mit der Familie kommst. Vance und Libby dürften jeden Moment ankommen."

Sie zögerte. Auch wenn sie im Augenblick alles nahm, wie es kam, der Gedanke Zeit mit Brice' Familie zu verbringen, schüchterte sie ein. Was, wenn sie sich auch in seine Familie verliebte? Sie spielte mit dem Feuer und erlaubte sich zu träumen. Ihre Gefühle Brice gegenüber wurden wärmer, doch sie machte sich nichts vor und wusste, dass das Leben kein Märchen war.

„Wir würden uns wirklich freuen, wenn ihr kommen würdet. *Ich* würde mich freuen. Kein Druck, denn ich habe ja gesagt, dass ich das nicht tun würde. Doch ich verspreche dir, dass das Essen fantastisch sein wird und die Gesellschaft auch – auch wenn ich, was das angeht, ein bisschen voreingenommen bin."

Sie mochte, dass seine Stimme männlich und doch sanft war, und sie beruhigte ihre Nerven. Und die waren mehr als durcheinander, denn sie wollte ihm sagen, dass sie den heutigen Abend zu Hause verbringen würde, doch sie brachte die Worte nicht heraus.

„Ich … ich meine, wir kommen. Den Kindern würde es gar nicht gefallen, wenn sie erfahren würden, dass sie eine Gelegenheit verpasst haben, Zeit mit euch allen zu verbringen."

„Großartig." Wärme funkelte in seinen Augen, und sein Lächeln machte sie ein bisschen schwindelig.

Okay, sie hatte nicht gut geschlafen, das erklärte so einiges, versuchte sie sich einzureden. Der Mann hatte irgendetwas mit ihr angestellt. Seine Augen wärmten sie von innen.

„Dann sollte ich besser die Kinder einsammeln, damit sie sich duschen und umziehen können, bevor wir zurückkommen." Sie gingen in Richtung Stall.

„Hat Jed sich benommen?"

„Er ist ein Naturtalent. Er und sein Pferd sind jetzt richtig dicke Kumpels. Ich möchte ihn Sternschnuppe mit nach Hause nehmen lassen, doch dann würde ich die beiden vermissen."

Sie sah ihn an. „Nein, du kannst jederzeit rüberkommen. Ich kann dir sagen, dass Jed dich auch vermissen würde…"

„Und ich würde ihn vermissen. Aber ich komme

nur, wenn es dir nicht unangenehm ist."

Das war ihre Chance, Abstand zu schaffen. Ihm zu sagen, dass sie das Pferd nehmen würden und er auf seiner Ranch und sie und die Kinder auf ihrer Ranch bleiben sollten. So würde sie ihn nicht jeden Tag sehen müssen. „Es ist mir nicht unangenehm."

„Du machst meinen Tag besser und besser, Darlin'", sagte er gedehnt und sah erleichtert aus.

Sie lachte. Dieser Mann brachte sie zum Lächeln, und das hatte sie so dringend nötig gehabt, genau wie ihre Kinder. „Gern geschehen."

Er zwinkerte ihr zu. „Du hast wirklich keine Ahnung, wie sehr dein Lächeln und das Lächeln deiner Kinder mir den Tag erhellt. Mein ganzes Leben."

Wieder zwinkerte er und ging in den Stall, während er gut gelaunt nach ihren Kindern rief und ihren Tag mit unbeschwerten Scherzen erhellte.

Sie musste stehenbleiben und tief durchatmen, denn in diesem Moment war ihr klar, dass sie ihn liebte.

Wie war es dazu gekommen? Sie war sich nicht sicher, doch sie liebte ihn.

Und sie war sich nicht sicher, wie sie damit umgehen sollte.

Der Abend war schön. Brice liebte es, seine Familie beisammen zu sehen, und er freute sich, dass diesmal alle zu Hause waren. Sein Bedürfnis, auf Achse zu sein, war nicht viel mehr als eine vage Erinnerung. Er war es leid und wollte Tara jeden Tag sehen. Ihre Kinder waren ein Bonus. Er liebte es, sie glücklich zu sehen und sie zum Lachen zu bringen. Er liebte es, dieser verletzten Familie ihr Lächeln zurückzugeben. Der letzte Ort, an dem er jetzt sein wollte, war im Führerhaus eines Viehtransporters auf der Straße, und er war froh, dass er das nicht mehr tun musste.

Er stand am Kamin und hielt ein Glas von Tante Trudys süßem Eistee in der Hand, während er Tara dabei beobachtete, wie sie sich mit seinen Schwägerinnen und seiner zukünftigen Schwägerin unterhielt. Sobald Drake und Maisy einen Hochzeitstermin festgelegt haben würden, wären nur noch er und sein Dad übrig. Und wenn er irgendeinen

Einfluss darauf hatte, würde er etwas dagegen unternehmen, sobald Tara bewusst wurde, dass sie ihn liebte. Er betete jeden Tag dafür.

„Dich hat es ordentlich erwischt, Sohn."

Er sah seinen Vater an. Er fragte sich, ob sein Vater ahnte, dass Karla zugesagt hatte zu kommen. Sie hatte vor einer Stunde Dienstschluss gehabt und war auf dem Weg hierher. Bald würde sie hier sein. Seine Schwägerinnen hatten es geschafft, sie davon zu überzeugen, herzukommen und mit seinem Dad zu reden. Alle stimmten überein, dass die beiden eine Intervention brauchten. Und sie hofften, dass dieses Treffen den beiden einen Anstoß geben würde, sich wieder zu vertragen.

Für sich selbst hoffte er, dass Taras Abwehrmechanismen jedes Mal, wenn sie einander sahen, ein wenig mehr bröckelten. Sie mussten sich nicht erst wieder vertragen, doch sie mussten einander näherkommen. Er musste sie davon überzeugen, dass sie wieder lieben durfte. Und dass sie geliebt werden konnte.

Er fürchtete, dass das, was sie wirklich

zurückhielt, die Angst war, dass sie die Liebe nicht verdient hatte.

Das war der Eindruck, den ihr Tunichtgut von einem Ex bei ihr hinterlassen hatte.

Sie war jede Liebe wert, und er würde ihr zeigen, wie sehr.

„Erde an Brice", sagte sein Dad und riss ihn damit aus seinen Gedanken.

„Tut mir leid, ich war in Gedanken gerade woanders."

„Ja, und ich glaube, ich weiß wo. Ziemlich offensichtlich. Man sieht es dir an. Du bist verliebt."

Es war offensichtlich keine Frage, sondern eine Feststellung. „Ja, Dad, das bin ich."

„Ich denke, ich erinnere mich daran, dass ich offen und ehrlich sein soll."

Er hatte etwas in dieser Art zu seinem Dad gesagt. „Ich habe ihr versprochen, langsam zu machen und sie nicht unter Druck zu setzen."

„Dann wartest du also."

„Ja, ich warte. Zum Zerreißen angespannt. Und du? Was ist mit dir, Dad?"

Sein Dad sah ihn an. „Was soll mit mir sein?"

Brice nickte. „Ich weiß jetzt, was ich will, und ich bin bereit, so lange wie nötig zu warten, auch wenn ich mir nicht sicher bin, ob sie weiß, wie ernst es mir mit ihr ist. Aber was ist mit dir und Karla? Hast du etwas in der Sache unternommen?"

Er sah etwas in den Augen seines Vaters aufblitzen, das ihm sagte, dass er vielleicht etwas auf der Spur war.

„Das habe ich, aber sie hat mich wieder weggestoßen. Ich weiß nicht, was sie will."

„Was willst du?"

„Kannst du heute Abend auch was anderes als nur Fragen stellen?"

Er schmunzelte. „Sicher. Aber die Sache ist die, Dad, du sagst nicht gerade viel, und man muss dir alles aus der Nase ziehen. Es ist schwer für uns zu ergründen, was du brauchst. Vielleicht musst du für Karla ein bisschen offener sein." Während er das sagte, sah er Karla den Weg hinaufkommen. Auch sein Dad hatte sie bemerkt.

„Tante Trudy hat sie eingeladen und sie davon

überzeugt zu kommen, auch wenn sie gezögert hat, als sie gehört hat, dass es eine große Party ist. Was meinst du, Dad? Willst du endlich aufwachen und ein neues Leben mit ihr anfangen?"

Sein Dad runzelte die Stirn, als es an der Tür klingelte. „Ich mach auf. Und ihr Kinder müsst aufhören, eure Nasen in mein Leben zu stecken."

Brice schmunzelte. „Wir versuchen nur, dich aus deinem Elend zu befreien."

Mehr als ein Grunzen bekam er nicht als Antwort, dann ging sein Vater entschlossenen Schrittes zur Tür. Brice hoffte nur, dass dieses Zusammentreffen ein Erfolg sein würde. Er sah, dass seine Brüder ihn auch beobachteten. Die Frauen waren in der Küche und hatten Karla wahrscheinlich nicht kommen sehen, darum wussten sie nichts von der kleinen Seifenoper, die gleich ihren Lauf nehmen würde, denn sonst wären sie schon längst auf Horchposten gegangen.

Er sah, wie sein Dad die Tür öffnete und einfach dastand. Er sah, wie Karla ihn ansah, während er etwas zu ihr sagte. Da war ein ernstes Flackern in ihren Augen, und ihr Kinn war trotzig vorgeschoben. Brice nahm an, dass sie darum rang, stark zu bleiben. Er hoffte, dass es nur das war und dass Karla nicht wirklich schon über seinen Dad hinweg war. Nein, das konnte nicht sein. Sie war verrückt nach ihm.

Im nächsten Moment schloss sich die Tür hinter ihnen, und kurz darauf sah er sie langsam über die Wiese gehen. Sie unterhielten sich, und er konnte nur hoffen, dass das ein gutes Zeichen war.

Die Party war so schön wie sie es erwartet hatte. Die Presleys waren eine große, liebevolle Familie, und Zeit mit ihnen zu verbringen tat Paige und Jed gut. Ihr auch.

„Wird die Auslastung langsam besser?", fragte Jenna.

„Viel besser. Nächste Woche ziehen zwei Pferde in meinen Stall ein. Darum muss ich die Zeit einplanen, damit sie rauskommen und bewegt werden. Und ich habe ein paar Therapietermine. Ein paar Kunden kommen schon regelmäßig, das hilft, eine solide Kundenbasis aufzubauen. Es geht bergauf. Und du warst eine riesige Starthilfe.“

„Ich helfe gerne, wo ich kann.“

„Ich vermisse das Reiten“, sagte Lana. Sie und Cam waren von ihrer zwei Stunden entfernten Ranch hergekommen, und Tara hatte erfahren, dass Lana sich während ihrer Schwangerschaft nicht so gut fühlte, wie sie sich erhofft hatte. „Ich habe immer noch gut zwei Monate vor mir, bis wir unser süßes kleines Mädchen willkommen heißen dürfen. Ich kann schon eine ganze Weile nicht mehr reiten, aber sobald ich kann, sitze ich wieder im Sattel. Hattest du Probleme, während deiner Schwangerschaften?“

„Nicht wirklich. Was das angeht, hatte ich Glück.“ Was gut war, denn ihr Leben hatte sich in Wohlgefallen aufgelöst, als sie mit Paige schwanger gewesen war. Wenn sie dann auch noch dauererschöpft gewesen wäre oder sich Sorgen um ihr Baby hätte machen müssen, wäre es noch schlimmer gewesen. Doch das sagte sie nicht.

„Was für ein Glück.“ Lana setzte sich auf einen Hocker.

„Hier, iss einen Keks", sagte Gertie, die zusammen mit Sally Ann, Maisy und Paige Butterkekse dekorierte. Paige genoss all die Aufmerksamkeit, die sie ihr schenkten. Maisy war eine fantastische Köchin, und als Tara bewusst wurde, dass sie *die* Maisy aus *Unterwegs mit Maisy Love* war, wäre sie fast vom Hocker gefallen. Tara hatte nicht viele ihrer Shows gesehen, doch sie wusste, dass sie eine beliebte Vloggerin war.

„Gertie, du und ich, wir beide wissen, dass Kekse das Letzte sind, was ich jetzt essen sollte", sagte Lana. „Aber der Duft allein macht mich glücklich."

Gertie lachte. „Ich versuche nur zu helfen, Honey."

„Das weiß ich doch. Und ich liebe dich." Lana umarmte die ältere Frau, und ein Kloß wuchs in Taras Hals. Sie spürte die Nähe zwischen den beiden Frauen. Gertie war eine von Tante Trudys besten Freundinnen, die ihr dabei geholfen hatten, Lana großzuziehen, nachdem deren Mutter, Tante Trudys Schwester, gestorben war. Sie betrachtete sie wahrscheinlich alle als Mutterfiguren.

Taras Blick wanderte zu Brice, der mit Jed bei seinen Brüdern stand. Sie lachten und schienen sich über die Geschichten, die ihr kleiner Bruder Vance zu erzählen hatte, zu amüsieren. Brice hatte ihr erzählt, dass das National Finals Rodeo bevorstand und dass sein kleiner Bruder bereit war, sich den Sieg zu holen. Dass er dieses Jahr eine Geheimwaffe hatte – seine Liebe, die mit ihm auf Tour gegangen war. Vance war jetzt ein ganz anderer Mann als zuvor, stärker, selbstbewusster und konzentrierter.

Er sah aus, als könnte er es schaffen, und schien darüber hinaus sehr verliebt zu sein. Sie hatte die süßen Blicke gesehen, die er und seine frisch angetraute Frau einander zuwarfen. Sie weckten in ihr den Wunsch nach … ja, nach einer solchen Liebe.

Sie ertappte Brice dabei, wie er sie beobachtete. Ihre Blicke begegneten sich, und sie erschauerte, als er dieselbe Sehnsucht in seinen Augen sah.

Konnte sie es sich erlauben?

Ihre Knie wurden weich, als Brice sich von der

Gruppe löste und auf sie zukam.

„Wollen wir spazieren gehen?“, fragte Brice, denn er hatte das Bedürfnis, ihr zu erzählen, was passiert war, seit sie heute Nachmittag miteinander gesprochen hatten. „Tut mir leid, dass ich sie entführen muss, aber ich muss ihr was erzählen.“

„Nur zu, viel Spaß“, sagten Lana und Jenna wie aus einem Mund, und er sah Beth, die an einer Schublade Gabeln abzählte lächeln.

„Ist eine schöne Zeit für einen Spaziergang“, rief sie.

„Ja, das ist es“, stimmte Sally Ann zu und zwinkerte ihm über Paiges und Gerties Köpfe zu.

Gertie zog eine Braue hoch. „Sei bloß nett zu ihr.“

„Du kannst einen Keks haben, wenn du zurückkommst“, sagte Paige zu ihm und strahlte ihn mit rosa Zuckerguss an der Nase an.

„Danke, Honey, das Angebot nehme ich gerne an.“

Tara sah einen Moment unsicher aus, doch dann

nahm sie seine Hand und ging mit ihm hinaus. Er führte sie weg vom Haus, und um seinen Dad und Karla nicht zu stören, wo immer sie auch sein mochten, führte er sie über den Hof und die Auffahrt hinunter. Sie hatte ihre Hand nicht weggezogen, und das machte ihn glücklich.

„Genießt du den Abend?"

„Ja. Ich liebe deine Familie. Und es tut den Kindern gut."

„Dir auch?"

Sie nickte. „Ja."

Er blieb am Zaun stehen und stellte seinen Fuß auf die unterste Sprosse, während sie sich mit dem Rücken gegen den Zaun lehnte. Er liebte sie so sehr, doch er war entschlossen, ihr den Raum zu geben, den sie brauchte.

„Was wolltest du mir erzählen?", fragte sie. Sie studierte sein Gesicht, und er stellte sich vor, dass sie wollte, dass er sie küsste. Er wollte es und musste all seine Willenskraft aufbringen, um sie nicht zu berühren.

„Mr. Leonard hat mich heute angerufen."

Tara riss erschrocken die Augen auf. „Ach nein.“

Auch wenn sie nicht mehr gesagt hatte, wusste er, dass sie wissen wollte, was Mr. Leonard entschieden hatte, darum wollte er sie nicht länger auf die Folter spannen. „Er hat mein Angebot angenommen–“

„Oh.“ Sie ließ die Schultern sinken und sah ihn traurig an.

Er sah ihre Träume in ihren Augen sterben und bedauerte, dass sie auch nur ansatzweise annehmen konnte, dass er ihr das alles wegnehmen würde. „Schau–“

„*Hilfe! Bitte, ich brauche Hilfe!*“

„Karla!“ Er wirbelte herum und sah sich nach ihr um. Als sie erneut schrie, sah er sie bei der Reithalle. Sein Vater lag am Boden. „Geh die anderen holen!“, rief er und rannte los.

Tara rannte so schnell sie konnte zum Haus. Sie hatte Mr. Presley am Boden liegen sehen und war den Tränen nahe, solche Sorgen machte sie sich um ihn. Doch sie musste stark sein. Sie stolperte über einen

Stein, fing sich jedoch wieder und stürmte atemlos in die Küche. Sie wollte die Kinder nicht erschrecken, doch ihre Miene musste bereits alle alarmiert haben.

„Was ist?", fragte Drake und ließ den Keks sinken, den er in der Hand hielt. Die Szene lief wie in Zeitlupe vor ihr ab. Ihre lächelnden Kinder, Drake, dem Paige gerade einen Keks in die Hand gedrückt hatte, während sie ihn anhimmelte, als Tara in die Küche geplatzt kam.

„Marcus. Euer Dad", keuchte sie heiser. „Er liegt am Boden. Wir müssen den Notarzt rufen."

„Ich ruf an", sagte Beth. „Ihr geht und helft ihm."

Tara trat beiseite, als Mr. Presleys Familie aus dem Haus eilte, und sie blickte ihnen nach. Lana, die an ihr Baby denken musste, folgte ihnen langsamer. Tara wollte helfen, doch die kleinen Arme, die sich jetzt an ihren Beinen festklammerten, brauchten ihre Aufmerksamkeit. Ihre beiden Babys starrten sie ängstlich an. „Mama, muss Mr. Marcus sterben?"

„Das will ich nicht", wimmerte Paige, und schon liefen die Tränen über ihr Gesicht.

Tara ging auf die Knie und zog beide in ihre

Arme. Sie vergrub ihr Gesicht in Paiges süß duftendem Haar und versuchte, sich ihre eigenen Ängste nicht anmerken zu lassen. Ihre Kinder brauchten sie jetzt. Sie sah sie an. „Ich weiß nicht, was mit Mr. Marcus ist. Ich bin Hilfe holen gelaufen. Aber Miss Karla ist Krankenschwester, und der Notarztwagen ist auf dem Weg. Darum sollten wir einfach beten, dass Gott hilft und ihn beschützt."

„Wie Er das getan hat, als wir den Unfall hatten", sagte Jed weise und blickte von ihr zu Paige. „Das hat er für dich und mich auch getan, Paigie", sagte er und benutzte seinen Spitznamen für sie, den er nur benutzte, wenn er der tröstende große Bruder war.

Sie schniefte. „Ich weiß. Aber glaubst du, dass er so viel Angst hat, wie wir? Angst zu haben war nicht schön."

Tara küsste sie auf die Stirn. „Seine Familie ist bei ihm. Das braucht er jetzt."

Jed runzelte die Stirn. „Du bist erst später zu uns gekommen, doch als du gekommen bist, hat es geholfen."

Ihr Herz zog sich zusammen beim Gedanken

daran, dass Malcoms egoistische Sucht die Mutter einer Familie getötet und beinahe auch ihre Kinder umgebracht hatte, während er den Alptraum überlebt hatte und im Vollrausch auf dem Fahrersitz eingeschlafen war.

Sie hörte den Notarzt und den Krankenwagen, und sie und die Kinder gingen nach draußen und beobachteten, wie die Sanitäter Mr. Presley auf eine Krankentrage luden. Sie arbeiteten an ihm, und das sagte ihr, dass er zumindest noch am Leben war. Sie sah Brice' grimmige Miene, während er die Szene beobachtete, den Arm um Karla gelegt. Auch die anderen Presleys standen mit düsteren Mienen herum. Sie hatten bereits ihre Mutter verloren, und das an einem Tag, an dem sich alle auf die Geburt ihrer neuen Schwester gefreut hatten. Sie drückte ihre Kinder an sich und schöpfte denselben Trost aus ihnen, den sie in ihr fanden. Ihr Herz schmerzte um Brice' willen, und sie wünschte sich, sie könnte ihn trösten.

Ihre Gedanken wanderten zu der Hiobsbotschaft, die er ihr überbracht hatte, bevor Karla um Hilfe geschrien hatte. Sie und ihre Kinder würden umziehen müssen. Sie hasste es, dass sich dieser Gedanke in dem Moment, in dem Marcus um sein Leben kämpfte, in den Vordergrund drängte.

Sie musste in Erfahrung bringen, was genau vor sich ging. Zu ihrer Erleichterung kam Brice in ihre Richtung.

Ihre Kinder rannten auf ihn zu, und er hob beide mit seinen starken Armen hoch und umarmte sie. Ihr Herz und all ihre Liebe strömten in diesem Moment zu ihm. Er litt, und dennoch tröstete er ihre Kinder. Sie vermutete, dass er gleichzeitig auch aus ihnen Trost schöpfte. Sie ging zu ihnen und nahm alle drei in die Arme.

„Wie geht's ihm?"

Brice beugte sich zu ihrem Ohr vor. „Wir wissen es nicht. Er hat das Bewusstsein verloren, doch Karla hat ihn wieder aufwecken können, und er hatte eine Dose mit Nitropillen in seiner Hosentasche. Karla hat sie gefunden und ihm eine gegeben. Das hat geholfen. Wir wollen ins Krankenhaus fahren. Möchtest du mitkommen?"

Sie wollte mitkommen, um bei ihm zu sein. Um

ihn in dieser schweren Zeit zu unterstützen, doch sie musste an ihre Kinder denken, die wahrscheinlich im Wartebereich unruhig werden würden. „Ich würde gerne mitkommen, aber ich muss die Kinder ins Bett bringen. Das ist wahrscheinlich für alle das Beste. Aber halt' mich bitte auf dem Laufenden."

Er nickte in ihren Haaren, dann küsste er sie zärtlich auf die Wange. „Ihr geht jetzt nach Hause und versucht, euch keine Sorgen um meinen Dad zu machen. Er hat ein paar richtig gute Ärzte, die ihm helfen werden."

„Und Gott", fügte Paige hinzu.

Brice küsste ihre Wange. „Ja, süße Maus, und Gott auch."

„Ich mag deinen Daddy, Brice", sagte Jed. „Ich will, dass es ihm wieder besser geht."

„Danke. Ich auch."

Ein paar Sekunden später stieg Brice in seinen Truck und folgte dem Krankenwagen, der mit kreischenden Sirenen die Auffahrt hinunter raste.

Als sie angeboten hatte, zu bleiben und aufzuräumen, hatten Sally Ann und Gertie darauf bestanden, dass sie die Kinder nach Hause brachte. Sie wollten das Essen verpacken und die Öfen abstellen und dann zu den anderen ins Krankenhaus fahren.

„Okay, Paige, Jed, lasst uns nach Hause fahren“, sagte sie und wusste, dass es das einzig Richtige war. Sie würde sie bettfertig machen und sie trösten, denn sie machten sich immer noch Sorgen. Sie wussten mehr über den Tod als kleine Kinder wissen sollten, und sie musste dafür sorgen, dass dieses Erlebnis nicht alte Wunden aufriss.

„Ruft mich bitte an, wenn ihr irgendetwas hört.“

Sie umarmte die zwei älteren Frauen, dann lud sie die Kinder in ihren Truck und fuhr nach Hause.

Nur, dass das nicht ihr Zuhause sein würde. Sie hätte wütend sein sollen – das hatte sie zumindest gedacht, doch seltsamerweise freute sie sich für Brice. Sie würde eben ein neues Traumhaus finden müssen, und das schnell.

KAPITEL SIEBZEHN

Tara saß in der Küche, eine Tasse heißen Kaffee in den Händen. Es war Mitternacht, und auch wenn sie ihren Pyjama und einen Frottier-Morgenmantel trug, war an Schlaf nicht zu denken. Sie war viel zu angespannt dazu. Sie hatte Brice gebeten, sie auf dem Laufenden zu halten, und er hatte ihr vorhin geschrieben, dass sein Dad es überstehen würde. Er hatte eine Angina-Attacke gehabt, wahrscheinlich von zu viel Stress, doch zum Glück war es kein zweiter Herzinfarkt gewesen.

Brice war glücklich darüber gewesen, oder

zumindest war das der Eindruck gewesen, den sie von seiner SMS bekommen hatte. Sie war erleichtert, so erleichtert. Sie hatte an nichts anderes denken können, seit die Kinder endlich eingeschlafen waren. Das war vor zwei Stunden gewesen.

Lichter, die im Fenster tanzten, und das Knurren des Motors eines Trucks kündeten Besuch an. Sie ließ den Kaffee auf dem Tisch stehen und ging zum Fenster. Brice parkte seinen Truck, und sie musste sich zusammenreißen, nicht zu ihm zu rennen.

Stattdessen atmete sie tief durch und wartete. Groß und beeindruckend stand er vor ihr wie an dem Tag, als sie ihn das erste Mal in ihrem Bad gesehen hatte. Der Gedanke brachte sie zum Lächeln, damals nicht, jetzt aber schon.

Und er wird dir dein Zuhause wegnehmen.

Sie ignorierte die nörgelnde Stimme. Es war besser, wenn er es bekam als ein Fremder.

Er sah müde aus, als er stehenblieb, den Hut abnahm und sich durch die Haare strich. Er brauchte einen Haarschnitt, doch erst wollte sie mit den Fingern durch seine Haare streichen. Sie sehnte sich danach, ihn zu berühren. Was war nur los mit ihr?

Er kam auf ihre Veranda, und sie öffnete die Tür, bevor er Gelegenheit hatte, anzuklopfen.

„Hey", sagte sie mit einem sanften Lächeln, als er sie überrascht ansah. Er hatte nicht damit gerechnet, dass sie schon an der Tür sein würde. „Ich konnte nicht schlafen, darum habe ich gewartet und gehofft, dass du vorbeikommen würdest. Ich bin so dankbar, dass dein Dad okay ist."

„Das sind wir alle. Er ist besser als okay." Da streckte er die Arme aus, zog sie an sich und hielt sie fest, als hätte er dasselbe Bedürfnis, sie in den Armen zu halten wie sie das Bedürfnis hatte, in seinen starken Armen gehalten zu werden. „Er hat Karla einen Heiratsantrag gemacht. In der Notaufnahme vor versammelter Familie. Es war unglaublich. Er hat ihr gesagt, dass er sein Herz so lange nicht mit jemand anderem außer meiner Mom geteilt hat, dass er vergessen hatte, dass man jemandem, den man liebt, auch sein ganzes Herz gibt. Er hatte Karla nur ein Teil davon gegeben, und ihm ist bewusst geworden, dass sie sich sicher sein musste, dass in seinem Herzen genug Platz für meine Mom *und* Karla ist. Karla hat den Antrag angenommen. Sie ist perfekt für ihn. Seitdem sie Schluss gemacht hatten, hat er sich furchtbar gestresst und sich nicht so gut um sich selbst gekümmert, wie er es nötig gehabt hätte. Doch die Ärzte sagen, er ist okay. Jetzt haben wir bald zwei Hochzeiten."

„Ich bin so froh und freue mich für die beiden."

Sie starrten einander an, halb drinnen, halb draußen. Brice zog sie auf die Veranda, trat hinter sie, die Arme immer noch um sie gelegt, und blickte zum Himmel auf. „Siehst du all die Sterne da oben?"

Sie nickte, denn sie vertraute ihrer Stimme nicht. Sie spürte Brice' harten Körper an ihrem, und das war kein Gefühl, das sie als selbstverständlich betrachtete. Sie genoss jede Sekunde seiner Nähe.

„Diese Sterne gehen nirgendwohin. Die werden für immer über dieser Ranch scheinen. Und ich will, dass du weißt, dass du und die Kinder auch nirgendwohin geht. Ihr bleibt hier auf der Ranch, solange ihr wollt. Ich habe Mr. Leonard gesagt, dass ich möchte, dass er dir die Ranch verkauft, doch er wollte nicht länger warten. Ich hatte vorhin keine Gelegenheit, es dir zu sagen, aber ich will nicht, dass du dir Sorgen machst, dass dich jemand rauswirft."

Sie konnte nicht fassen, was sie da hörte. Sie wirbelte in seinen Armen herum und starrte ihn an. „Das würdest du tun? Für mich?" Er nickte, und sie spürte, wie ihr die Tränen in die Augen stiegen. „Oh, Brice, das kann ich nicht. Du willst diese Ranch. Du hast sie schon viel länger gewollt als ich, und sie grenzt an deine Familienranch an. Sie ist perfekt für dich."

Er seufzte. „Dann haben wir ein Problem. Denn das war vielleicht einmal so … bis du und deine Kinder hergekommen seid und mich davon überzeugt habt, dass ihr sie mehr braucht als ich."

„Aber–"

Er unterbrach sie mit einem Kuss, einem langen, langsamen Kuss. Sie hatte sich so sehr danach gesehnt. Sie konnte es nicht leugnen. Sie konnte sich nicht mehr vormachen, dass sie nie wieder einem Mann vertrauen könnte. Denn sie konnte es.

Sie konnte ihm vertrauen.

Brice Presley, dem wunderbarsten, großzügigsten, charmantesten Mann, der ihr je begegnet war. Er hatte seinen Traum von einem Zuhause für sie und ihre Kinder aufgegeben. Wer tat sowas?

Brice.

Sie schmolz an ihn, genoss ihn, wie er sich anfühlte, sein Mund auf ihrem, seine starken Arme, die sie so entschlossen hielten … als würde er nie zulassen, dass irgendjemand oder irgendetwas ihr ein Leid zufügte. Oder ihren Kindern. Dieser Mann. Dieser Mann war alles, was sie sich nur wünschen konnte. Sehnsucht. Verlangen.

Und oh, wie sie ihn wollte. Ganz und gar. Sie schlang ihre Arme um ihn, und sie fürchtete, dass sie ihn nicht würde loslassen können. Doch sie musste es tun.

Schließlich ließen seine Lippen von ihren ab, und er sah sie geschockt an. „Du, Tara Quinn, hast mir vom ersten Moment den Atem genommen und tust es immer noch. Im wahrsten Sinne des Wortes. Bevor ich ein bisschen abgelenkt wurde, wollte ich dir gerade sagen, dass ich nur dann auf dieser Ranch leben wollen würde, wenn es mit der Frau ist, die ich liebe. Nur unter dieser einen Bedingung."

Sie starrte ihn an. Ihre Gedanken tickten langsam und versuchten zu verarbeiten, was er gerade gesagt hatte. Mit der Frau, die er liebte. Wer war das? Er neigte den Kopf und lächelte sie schief an. „Das bist du, Tara. Ich rede von dir." Er lachte leise. „Ich liebe dich. Und ich will dich wirklich nicht unter Druck setzen. Wenn du nein sagst, verkaufe ich dir das Haus, und du bist mir gegenüber zu nichts verpflichtet. Ich sage nur, der einzige Grund, warum ich hier würde leben wollen, bist du. Das heißt aber nicht, dass du meine Gefühle erwidern musst."

Sie wusste, dass sie aussehen musste, als hätte ihr gerade jemand eine Sahnetorte ins Gesicht geworfen, denn seine Worte drangen nicht zu ihr durch. Sie hatte einen Mann wie ihn nicht verdient. Irgendwo tief in ihr saß diese nagende Angst.

„Du liebst mich nicht?"

Sie schüttelte den Kopf. „Unsinn. Ich liebe dich so sehr. Ich habe es schon eine Weile gewusst, doch erst heute Abend habe ich es begriffen. Ich dachte nicht, dass ich je wieder jemandem vertrauen könnte. Doch ich vertraue dir. Von ganzem Herzen. Und ich liebe dich. Ich liebe dich so sehr."

Brice' angespannter Körper entspannte sich erleichtert, als er den Kopf gen Himmel hob und sagte: „Danke, Gott." Dann nahm er sie in seine Arme und wirbelte sie herum. Die Hände auf seinen Schultern lachte sie glücklich und blickte auf ihn hinab, während er mit einem liebevollen Blick, den sie nie vergessen würde, zu ihr aufblickte. Er liebte sie.

Er liebte sie.

Er liebte sie.

Er ließ sie langsam wieder herunter, bis sie auf Augenhöhe war. „Tara Quinn, willst du mich heiraten und gemeinsam mit deinen Babys und mir für den Rest unseres Lebens glücklich auf unserem Land leben?"

Guter Gott. „Unser Land. Ja! Ohne dich will ich es nicht." Dann schlang sie ihre Arme um seinen Hals und küsste ihn. Mit jeder Faser ihres Seins küsste sie ihn und seufzte gegen seine Lippen, als er die Führung übernahm und sie mit einer Leidenschaft küsste, die sie noch nie gespürt hatte. Einer Leidenschaft, die ein Leben lang anhalten würde.

EPILOG

„Sie dürfen die Braut jetzt küssen."

„Küss ihn endlich Mama, dann gehört er uns", mischte Paige sich ein und warf Brice diesen bewundernden Blick zu, den sie nur für ihn reserviert hatte. Sie hielt ihren eigenen kleinen Blumenstrauß in der Hand und war Taras kleine Ehrenbrautjungfer.

Jed sah stolz und glücklich aus, so wie er neben Brice stand und erwartungsvoll zwischen ihm und Tara hin und her blickte. „Mach nur, Brice. Küss sie. Ich habe gehört, nur so werden wir eine Familie."

Die Gäste lachten darüber, dass ihn der Gedanke,

dass Küssen zur Zeremonie gehörte, offensichtlich anwiderte.

Brice jedoch schmunzelte. „Danke, kleiner Kumpel. Ich denke, dann tue ich das besser mal. Denn ich will, dass wir alle eine Familie sind." Dann küsste er sie, und die Gäste klatschten und jubelten.

Augenblicke später war Tara immer noch in einer Traumwelt, als sie nebeneinander standen und alle kamen, um sie zu beglückwünschen. Marcus und Karla, die neben einem strahlenden Lächeln selbst glänzende Eheringe trugen, hatten in einer privaten Zeremonie, umgeben von der Familie und ihren engsten Freunden, eine Woche zuvor geheiratet. Marcus ging es gut, und er sah entspannter aus, als Tara ihn je gesehen hatte. Brice' ganze Familie und so viele Freunde aus dem Ort waren hier, um zu feiern. Ihre Eltern waren auch gekommen, und es hatte Taras Herz so gut getan zu sehen, wie gut sie sich mit Brice verstanden und wie glücklich sie für sie waren.

„Ich habe euch doch gesagt, dass sie füreinander geschaffen sind", sagte Tante Trudy zu Gertie und Sally, als sie auf sie zu kamen, um sie zu umarmen.

Die Frauen strahlten, als hätten sie etwas zu verbergen. Brice sah sie fragend an. Er musste es auch bemerkt haben.

„Ja ja, das hast du gesagt", winkte Sally Ann ab. „Aber wir haben auch Augen im Kopf. Da sind wir schon selbst drauf gekommen. Dieser Junge hier" – sie versetzte Brice einen liebevollen Klaps auf die Brust – „hat nie ein Mädchen so angesehen, wie er Tara angesehen hat. Ich habe es am Tag des Feuers gesehen. Da war mehr Hitze in ihren Blicken als auf der Weide!"

„Also, an dem Tag war ich nicht da, aber ich habe es an dem Tag gesehen, als er ins Diner gekommen ist und du und Jenna zu Mittag gegessen habt", sagte Gertie und nickte Tara zu. „Trudy, wir alle haben Augen im Kopf, und wir haben uns offensichtlich nicht getäuscht."

Sie sahen sie an, als wollten sie vor Stolz platzen.

Brice sah seine Tante argwöhnisch an. „Tante Trudy, was habt ihr drei angestellt? Ihr grinst mir viel zu breit."

Tara lächelte. „Ja, worüber lacht ihr so?"

Tante Trudy wurde rot. „Also, ihr wisst ja, dass Mr. Leonard lange unser Nachbar war. Und naja, als ich gehört habe, dass ihr beide die Ranch wollt, sind wir Mädels hier auf die fantastische Idee gekommen, dass ihr euch ineinander verlieben könntet, wenn ihr euch erst einmal besser kennenlernt. Darum haben wir ihn gebeten, ein bisschen mit dem Kauf zu warten. Und er war genauso begeistert wie wir von der Idee, dir zu helfen eine Frau zu finden, Brice."

„Wollt ihr mir damit sagen, dass die Sache mit den Reparaturen ein Vorwand war, um mich auf die Ranch zu bekommen?"

Sally Ann lachte schallend. „Beim ersten Mal nicht. Er hatte keine Ahnung, dass Tara da schon da war. Doch als wir ihm erzählt haben, was passiert war, hat er seinen eigenen Plan ausgeheckt und uns gebeten, mitzuspielen."

„Und ihr zwei", sagte Gertie und versetzte Brice einen liebevollen Ellbogenstoß. „Ihr habt das Übrige getan. Genau, wie wir es erwartet haben. Das mit deinem Dad war allerdings nicht eingeplant. Darauf hätten wir gern verzichtet. Da hätte ich fast selbst einen Herzinfarkt gehabt."

„Oh ja. Gott sei Dank geht's ihm ja gut, und wir haben jetzt zwei Happy Ends", schniefte Trudy. „Ich bin so glücklich, dass ich platzen könnte. Wenn im Dezember jetzt noch Lanas Baby kommt, dann ist die Welt perfekt."

„Oh, da freuen wir uns alle drauf", nickte Sally Ann. „Und ihr zwei seid doch nicht böse auf uns, oder?"

Sowohl Brice als auch Tara hatten die ganze Zeit ihr Lachen unterdrücken müssen. Jetzt ließ er es heraus, und alle lachten gemeinsam, während er sie in seine Arme zog.

„Ich könnte euch nie böse sein. Ich liebe euch, weil ihr geholfen habt, diese schöne, intelligente, gutherzige Frau in mein Leben zu bringen. Ich stehe für immer in eurer Schuld."

Dann küsste er sie erneut. „Und jetzt leben wir glücklich bis ans Ende", murmelte er an ihren Lippen.

Tara seufzte. „Für immer und ewig."

Weitere Bücher von Debra Clopton

Windswept Bay
Von Diesem Moment An
Irgendwo Mit Dir
Mit Diesem Kuss & Für Immer Und Ewig
Warten Auf Liebe
Mit Diesem Ring
Mit Diesem Versprechen

Die Cowboys von Mule Hollow Serie
Liebe Mich, Cowboy
Tanz Mit Mir, Cowboy
Immer Ärger mit Lacy Brown
… plus Baby macht fünf
Mein Herz gehört dir, Cowboy

New Horizon Ranch Serie
Ein Cowboy für Maddie
Ein Cowgirl für Rafe
Ein Cowgirl für Chase
Ein Cowgirl für Ty
Eine Familie für Dalton
Eine Tierärztin für Treb
Maddies geheimes Baby
Ein Cowgirl für Austin

Die Cowboys von Ransom Creek
Ihr Cowboy-Held (Vorgeschichte)
Braut zu mieten
Cooper
Shane
Vance
Drake
Brice